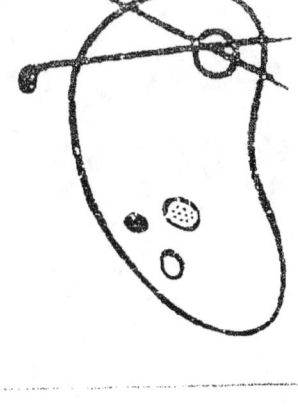

I0564967

RELIURE SERREE
Absence de marges
intérieures

COLLECTION ARTHUR SAVAÈTE A 1 FR. 50

ESSAIS POÉTIQUES

LA FERRIADE

Évolutions Fantastiques d'un Insecte Politique

SUJETS DIVERS

PAR

ARTHUR SAVAÈTE

PARIS

ARTHUR SAVAÈTE

ARTHUR SAVAÈTE, ÉDITEUR, 15, RUE MALEBRANCHE, PARIS

LE PONTIFICAT DE LÉON XIII

Tome 43e et 44e de

l'Histoire Universelle de l'Église

DE L'ABBÉ DARRAS

CONTINUÉE ET TERMINÉE

PAR

Monseigneur Justin FÈVRE

2 forts volumes in 8o carré — PRIX : 12 francs.

Le 30 août 1907, à 6 heures du soir, Mgr Justin Fèvre, qui depuis cinq années y travaillait avec ardeur, donnait à M. Thévenot, imprimeur, les dernières épreuves corrigées du dernier volume du *Pontificat de Léon XIII*, fin de l'*Histoire universelle de l'Église* de l'abbé DARRAS ; et le vaillant auteur, très fatigué, éprouvait avec soulagement son vif contentement. Une heure après, il éprouva un malaise ; médecin et prêtre accoururent ; et sans agonie, ni souffrances, faisant à son entourage ses recommandations, invoquant Dieu qu'il avait si longtemps et si courageusement servi, il rendait le dernier soupir.

Ainsi mourut à la tâche l'admirable continuateur de Darras et nous offrons aujourd'hui, aux souscripteurs de cette œuvre monumentale, les deux derniers volumes que l'auteur, moribond, par une grâce spéciale de Dieu, put terminer dans des conditions extraordinaires.

Nous prions les personnes qui possèdent l'œuvre de l'abbé Darras de nous demander sans retard cette suite et fin qui leur est indispensable. Inutile de dire que ces volumes, présentant un très haut intérêt, peuvent être lus avec le plus grand profit ; nous les fournirons indistinctement à tous demandeurs, souscripteurs primitifs ou non. Le tirage de l'abbé Darras est de ... environ, bien que les souscripteurs ... C'est dire qu'il n'y aura pas ... et, cependant, vu les ... nous ne ferons pas ...

Il y a donc utilité de se ... dont on peut avoir besoin.

Fin d'une série de documents
en couleur

LA FERRIADE

COLLECTION ARTHUR SAVAÈTE A 1 FR. 50

ESSAIS POÉTIQUES

LA FERRIADE

Évolutions Fantastiques d'un Insecte Politique

SUJETS DIVERS

PAR

ARTHUR SAVAETE

PARIS

ARTHUR SAVAÈTE, ÉDITEUR

15, RUE MALEBRANCHE, 15 (PANTHÉON)

LA FERRIADE [1]

ARTICLE 7 : ÉVOLUTION FANTASTIQUE

INTRODUCTION

Les grandes vérités, se dérobant à l'art,
Se trouvent fréquemment par le jeu du hasard.
Ce proverbe entre tous me semble incontestable.
Il me paraît empreint du cachet vénérable,
Apanage du vrai : je le crois appelé
A peser l'inventeur dès qu'il aura parlé.
Car qui peut se soustraire à sa loi rigoureuse ?
C'est en vain que longtemps une lampe fumeuse
A vu que dans Ferry, m'appuyant sur les faits,
D'un insecte fameux j'ai cherché tous les traits !
Le proverbe m'attend ! Ma trouvaille, si belle,
Ne saura m'assurer une palme immortelle,
Puisqu'il faut avouer qu'inaccessible à l'art
Je n'ai pu la tenir que d'un jeu du hasard.
Elle est digne pourtant d'un siècle de lumières,
Où l'erreur tient, se pâme, à l'ombre des chimères ;

---

1. Ceci est encore un péché de jeunesse. Ferry s'était rendu dans les Flandres, citadelles du *cléricalisme*, qui était son ennemi, pour y exercer une forte pression en faveur du *déniaisement* systématique de populations d'ailleurs peu obstruées et pas routinières pour un liard. Il y eut rencontre à Lille entre partisans, et Ferry fut singulièrement maltraité. Les étudiants firent merveille, si bien qu'il y eut morts et force blessés, parmi lesquels nous figurâmes. Sur le matelas notre pensée exaspérée de rimer en hâte ce que voilà.

Où le Franc ébahi laisse un Frère maçon
Charmer le Luxembourg d'un bachique jargon,
Changer Bourbon-Palais en une humble taverne,
Qui doit à ses pareils tenir lieu de caverne.

Dans le vide d'un fat, dans la tête des fous,
Hasard, certainement, frappe ses meilleurs coups.
Mais... Au fait! m'a-t-on dit. — Bon lecteur, toi dont l'âme
A l'annonce du vrai s'épanouit, s'enflamme;
Quand on trouva jadis que l'homme primitif
D'un singe à point usé n'était qu'un fruit tardif,
Que dis-tu de ce mot lumineux et sublime,
Enfant de la sottise et père d'une rime?
Tu plaignis ciel et terre, et l'art également
D'avoir pu méconnaître un fait fort évident...

Admettons que le monde est taillé de la sorte
Que le dernier venu pousse l'autre à la porte;
Nous rions aujourd'hui de la foi des aïeux;
De nous rirons demain nos arrière-neveux!
Alexandre, César, pour leur premier ancêtre
N'eussent point reconnu quelque singe champêtre;
Mais quand rêve un grand sot, on divague avec lui,
On s'excuse, pensant : le maître l'a bien dit!

Ecoutez-donc ces chants; si vous aimez la gloire,
De très noble Ferry je vais conter l'histoire;
Car Lamark et Darwin[1], à mes cris accourus,

---

1. Le gouvernement français vient de faire débiter force sottises au pied du
monument élevé à Lamark au Jardin des Plantes, aux abords du muséum.
On a généralement regretté l'absence d'opportunité dans le choix de
l'emplacement; on eût préféré que le philosophe évolutionniste, dans sa

Pour plaire à mes lecteurs des Ferry méconnus
M'ont enfin découvert la provenance étrange,
Qu'ils m'ont su démontrer par l'espèce qui change.

---

forme définitive, montât la garde à l'entrée du palais des singes. Au moment où Paris y va de quelques feuilles de laurier en l'honneur de Lamark, l'Angleterre fête le centenaire de Darwin : ces coïncidences n'ajouteront guère de l'intérêt à notre juvénile boutade. (*Note* de 1909.)

I

CONDITION, NAISSANCE,
PREMIÈRES AVENTURES DU HÉROS

Personnages : LAMARK, *philosophe ;* DARWIN, *idem ;*
AUDITOR, *patriote !*

LAMARK

Vois-tu, cher Auditor, Ferry le tyranneau :
Ce n'était pas si fier, cet insecte au berceau !

AUDITOR

Maître, ta voix tremble !

LAMARK

      Oui ! La fureur et la haine
M'étouffent, et le sang me brûle dans la veine.
Je ne puis supporter qu'un singe tout venant
Des singes ses égaux se fasse le tyran.

AUDITOR

Quoi ! Qu'est-ce ? Un singe ! Qui ?

LAMARK

C'est, mon cher, tout le monde !
Car la race du singe en hommes est féconde.

DARWIN

Evidemment! Encor tout idéal s'étend
Si l'œil pénétrant scrute un horizon plus grand.

LAMARK

Que notre ami s'explique.

DARWIN

Un singe ne peut être
Le départ primitif de la vie et de l'être.
La science entend mieux : l'organisation
Eclaire le vrai sage...

LAMARK (*tout bas*)

Ah! trop de zèle !...

DARWIN

Pardon !

LAMARK

Mais, enfin! je ne puis, poursuivant mes pensées,
Exprimer en deux mots mon système d'idées.
Quand je dis, cher Darwin, que Grévy, Clémenceau,

Etaient, ma foi d'honneur, des singes au berceau,
Je n'affirme qu'un fait, qu'une vérité claire
Et laisse à mes pensers cette libre carrière
Qui mène aux inconnus, à tes grands horizons :
Je vais de l'homme au singe, à l'insecte, aux poissons,
Et ne m'arrêterai qu'aux sources de la vie.

... L'organisation éclaire le vrai sage...

DARWIN

C'est l'immortalité conquise à ton génie !

LAMARK

C'est ma haine assouvie. Oh ! l'homme : en son cercueil
Je veux que mes dédains lui servent de linceul !
Il élève les yeux vers la voûte azurée
En demandant au sort une autre destinée !...
Je la lui donne...

DARWIN

Ah! maître, où donc nous lançons-nous!
De grâce, cher Lamark, cache un noble courroux.

(*Montrant Auditor*).

Il t'écoute. A la fin ton ardeur de trop dire
Perdra notre crédit, de nous fera médire.
Paraissons convaincus; que le doute en nos cœurs
Demeure enseveli.

LAMARK

Ces maudites fureurs,
Certes, gâteraient tout. Dis-moi, que faut-il faire?

DARWIN

Parler haut sans broncher; réfléchir pour se taire.

LAMARK

Parler, puis réfléchir, ce n'est point le bon sens,

DARWIN

Si l'on a de bons mots à débiter aux gens
On pense comme on peut, Lamark.

LAMARK

Sage pensée!

DARWIN (*sententieux*)

Utile, lumineuse, et puis, c'est mon idée.

LAMARK (*à part*)

Il parle bien.

DARWIN (*à Auditor*)

Fi donc! tu bâilles, même ici?

LAMARK

Devant nous!

AUDITOR

Mais partout, quand je m'ennuie ainsi.

LAMARK

A de justes égards, le savant peut prétendre.

AUDITOR

Au niveau des petits, docteur, tu dois descendre.
De vingt mots trop ronflants les mélanges abstraits
Pèsent sur mes esprits et les laissent distraits.
Ma foi! j'attendais mieux; mais j'en suis pour ma peine;
Car j'étouffe et le sang me brûle dans la veine,
Ne pouvant supporter qu'un malin tout venant
Des malins ses égaux se fasse le tyran.

DARWIN

C'est une erreur.

LAMARK

J'ai dit : La fureur et la haine
M'étouffent et le sang me brûle dans la veine :
Je ne puis supporter qu'un *singe* tout venant
Des *singes* ses égaux se fasse le tyran.

AUDITOR

C'est égal !

LAMARK

Les secrets de la belle nature...

AUDITOR

Laide ou belle, n'importe en quelle conjecture,
Veux-tu me faire rire ou laisser m'en aller ?

DARWIN (*à Lamark*)

N'as-tu pas quelque part une blague à conter ?

LAMARK (*à Darwin*)

Quand je veux raisonner !

DARWIN

Prends Ferry, le ministre,
L'héroïque têtu, le faussaire sinistre.

N'en disais-tu : vois donc Ferry le tyranneau !
Ce n'était pas si fier cet insecte au berceau ?
Le sujet est fécond ; brode ta politique ;
Mais touche en le peignant à la chose publique ;
Allons !

...La fureur et la haine m'étouffent...

LAMARK (*avec emphase*)

En mes discours...

AUDITOR (*énervé*)

Je veux l'amusement !

DARWIN

Mais Ferry tout entier n'est qu'un être plaisant!

LAMARK

Or donc, à la campagne, en une humble chaumière,
Dans la manche en lambeaux d'une obscure ouvrière,
Apparut une nuit ce modeste héros.
Que ne puis-je, Auditor, te dire tous les mots!
Il était en naissant, tu sais la bestiole
Qui fuit si lestement, fait penser qu'elle vole :
Ce parasite obscur de l'homme patient,
Qui s'en laisse piper, dévorer tout vivant.
Figure-toi, d'abord, sa carcasse bombée,
Ses pieds longs et crochus et sa gueule effilée...
Quatre lettres pour nom que par honnêteté
Tous ont l'air d'ignorer dans la société.
Cet insecte arrogant, né dans l'ombre et le vice,
Sur la peau d'une femme était donc en nourrice.
Le sort malin le fit pipeur tout en naissant,
L'affligea d'une trompe en guise d'argument.
Il suçait et sautait, il vivait dans l'ivresse,
Se donnant du sang pur pour rougir sa jeunesse.
Or un jour qu'il trinquait hors de bonne saison,
Sa nourrice en fureur le chassa sans façon.

AUDITOR

Eh! quoi, déjà, docteur! avant d'être ministre!

DARWIN

C'est un sort.

AUDITOR *(pensif)*

Sort à part.

Sa nourrice en fureur le chasse sans façon.

LAMARK *(grave)*

Aventure sinistre !

AUDITOR

Bah !

LAMARK (*indigné*)

As-tu souffert?

AUDITOR (*indifférent*)

Non.

LAMARK

Tu n'en peux donc juger.
Il lui restait au plus ses deux yeux pour pleurer.

DARWIN (*poursuivant sa pensée*)

Il en eut, m'a-t-on dit, des accès de folie.

LAMARK (*éploré*)

Et pensait en ce jour fermer l'œil à la vie!

AUDITOR (*ricanant*)

Un beau geste manqué!

LAMARK (*d'un ton grave*)

Sur terre il faut pourtant,
Pour garder l'harmonie, et l'or pur et l'argent;
Le jaspe, le rubis, les perles précieuses,
Et de plus vils produits les mines plus nombreuses.
Chez l'animal surtout il faut de tous les choix :

Sages et sots ; jamais l'un et l'autre à la fois.
Or l'insecte où Ferry se dévoilait en germe,
Troublé comme un Français aux Vêpres de Palerme,
S'affligeait à part lui, pleurant et gémissant,
Priant tantôt les dieux, tantôt les maudissant.
Il ne revenait point de sa triste déroute.
Le destin ménagea qu'une joyeuse troupe
D'enfants jeunes et vifs, au teint rose et vermeil,
Qui goûtaient le calcul et bien mieux le sommeil,
Passa !

AUDITOR

Rencontre heureuse !

LAMARK (*d'un ton alerte*)

Il grimpe sur la botte
Du plus fort d'entre tous, entre, donne à son hôte
Un si tendre baiser qu'il fait jaillir du sang
Qui l'emplit tout entier d'un doux enivrement.
Ce prélude enchanteur le transporte d'audace ;
Dans l'habit du garçon il fréquente la classe,
Peinant à fleur de peau ; le cœur tout embrasé,
Il tenait à savoir, pour prendre un air sensé,
Comme on peut calculer entre coups de lancette
Le temps qu'il faut dormir pour recouvrer la tête.
Il veillait chaque nuit, il dormait sur le banc
Et trancha ce problème à mi-chemin de l'an !

DARWIN (*satisfait*)

Un laïque succès !

LAMARK (*magistralement*)

La souffrance est l'aurore
Du bonheur qu'ici-bas l'on peut attendre encore!

DARWIN (*caressant*)

Que j'aime ton esprit profond, sentencieux,
Tes pensers élevés en un ciel nuageux!

Il tenait à savoir.

AUDITOR (*haussant les épaules*)

Un fond sans profondeur, et quant à son nuage...

DARWIN (*avec humeur*)

Tu dis?

AUDITOR (*avec ironie*)

Que ton amour vaut bien qu'on le partage!

LAMARK (*sententieux*)

On connaît le bonheur, mais à peine en passant.

DARWIN (*appuyant*)

Hélas !

AUDITOR

Bonheur de singe ! Et Ferry ?

LAMARK

... Sur l'enfant

Suivait sa théorie...

DARWIN

Et jusqu'à l'évidence !

LAMARK

La mère intervenait à chaque expérience
Que le docte animal sur le sujet tentait.
Craintive elle était là, contre lui s'irritait...
Dans son cœur maternel grondait une tempête,
Les foudres maternels déjà couvraient la tête
D'Archimède incompris...

AUDITOR (*narquois*)

Du très noble animal !...

La Ferriade.

DARWIN (*prenant le change*)

Auditor a dit bien.

LAMARK

C'est navrant!

AUDITOR

Et fatal...

LAMARK (*avec tristesse*)

Un soir donc, sans répit, au retour de la classe,
Dans l'habit du bambin s'inaugure la chasse.
Tels d'antiques héros, debouts, silencieux
Appelaient pour témoins de leurs exploits fameux,
Et le ciel, et l'enfer, aussi bien que la terre;
Ainsi le fol insecte et la terrible mère,
Haletants, l'œil en feu, les naseaux tout gonflés,
Pattes et poings tremblants, les cheveux hérissés,
S'avancent et bien haut poussent leur cri de guerre...
Mais l'insecte bondit de devant de la mère,
invoque les grands dieux auxquels il fut dévot,
En implore de grâce un secours tout nouveau.
Il fuit, l'autre le presse, et, pleine de furie,
Promet fort de jeûner pour tenir cette vie.
Toutefois, Apollon, pris de crainte et d'horreur,
Précipite son char et touche avec bonheur
Le terme reculé de sa longue carrière.
La lutte allait cesser par défaut de lumière.

L'héroïne à l'instant, sans prendre du repos,
Organise à merveille une chasse aux flambeaux.
L'insecte était perdu! De frayeur il chancelle,
Dévore comme il peut sa confusion mortelle :
En perdant du sang-froid il redoublait ses bonds,

L'insecte était perdu de frayeur, il chancelle.

Quand la porte soudain recula sur ses gonds.
Hasard le secourait : se jetant dans la rue,
Le héros, en deux temps, échappait à la vue.

DARWIN (*avec soulagement*)

Ce saisissant récit m'attache, et fait trembler.
Qu'on nous répète encor, voulant nous réfuter,

Que l'animal n'est rien ! La conduite si sage,
De l'insecte Ferry (c'est Ferry je présage)
Abonde en arguments : Tous ces bonds calculés,
Et ce plan de défense, et les cieux invoqués,
Prouvent bien quelque chose, un peu d'intelligence !
Or çà ! mon cher Lamark, tout est là ; la science
Réduira l'orgueilleux : Quand la même raison
Chez l'homme et l'animal éclaire l'action,
Ces êtres ne sont point étrangers l'un à l'autre,
L'origine est commune ! Ah ! béni soit l'apôtre
Qui répand ce savoir ; les siècles à venir
Le couvriront de fleurs que rien ne peut flétrir.

AUDITOR (*avec un sourire*)

C'est de mon cœur, Lamark, le vœu le plus sincère.
Je confesse à présent qu'un rayon de lumière
Tombant de tes discours vient d'éblouir mes yeux.
Et Ferry m'apparaît déjà moins ténébreux.
Je ne comprenais pas cette rage insensée,
Qui le fit disputer à la mère affolée
L'âme de tous les siens ; j'entrevois maintenant
Sous la peau d'un insecte un ministre naissant,
Rêvant d'une revanche.

DARWIN

Ah ! bien.

AUDITOR (*préoccupé*)

Tombé sur rue
Que fit-il donc ? Comment l'a-t-on perdu de vue ?

LAMARK

On le revit encor errant sans feu ni lieu,
Se plaignant de la vie et blasphémant son dieu.

DARWIN (*compatissant*)

Pauvre bête !

AUDITOR

Il perdait, c'est assez manifeste,
D'un esprit affaibli le misérable reste ;
Et son cerveau fêlé...

DARWIN (*étonné*)

Mais quel emportement !

LAMARK

L'œuvre vaut par la fin. Des guerriers en passant
Chantaient : « Allons, Français, doux amants de la gloire ;
Sur les rives du Rhin promenons la victoire.... »
Ce fut assez pour lui ! Par ces mâles accents
Il sentait la valeur renaître dans ses flancs.
— « Pour cueillir des lauriers je cours en Allemagne ;
» Deux cents de ma façon, en moins d'une campagne,
» Nous allons la saigner, la ronger jusqu'aux os ;
» Marchons ! » Et ce disant, il jette sac au dos !
Marmiton de Bellone, à la marche forcée,
Il voit sa jeune ardeur s'en aller en fumée.

Il suit clopin-clopant; et, poussant un grand cri,
Il campe pour finir sur le sac d'un conscrit.

...Des guerriers en passant...

AUDITOR

Oh! l'ardent animal!

LAMARK (*poursuivant*)

Un héros....

DARWIN (*ennuyé*)

Je t'en prie !

LAMARK (*à Auditor*)

A l'insecte Auditor prodigue l'ironie !
Non content de prouver ainsi son dévoûment,
On saura qu'à Forbach, derrière un régiment,
Regardant aux Prussiens livrer cette bataille
Il vit un homme atteint, tombé sous la mitraille,
Qui, frappé par devant et couché sur le dos,
Perdait rapidement un sang noir à grands flots !
L'insecte en gémissait ! c'était trop pour tout boire ;
De la mesure en tout mène mieux la victoire.

AUDITOR

Quoi ? déjà ménager, comme au soir de Lang-Son,
Du sang de nos soldats ?...

DARWIN (*distrait*)

Je lui donne raison.

AUDITOR

Mais de quoi donc ! J'ai cru que durant la campagne
Cet insecte à Paris servait mieux l'Allemagne.
Qu'avec Favre et sa clique, à tort, à tout propos
Amusant les niais, il armait les badauds.
Me suis-je encor trompé ?

DARWIN

Non.

LAMARK

Dans la capitale
Il préparait ainsi la débâcle sociale.
Et dût-il s'abriter sous le casque pointu
D'un Bismarck...

AUDITOR

Sur deux points à la fois le vois-tu ?
A Paris, à Forbach ! ce me semble incroyable.

DARWIN

Mais l'absurde, en ces temps, était fort vraisemblable.

AUDITOR

Il ne manquerait plus qu'un grave magistrat
Tirât une semaine à la queue de son chat !...

LAMARK

Pourquoi pas ! Il l'a fait ! En la Semaine sainte !

DARWIN

Consulte, si tu veux, les cris et la complainte
Des chefs du Châtelet.

AUDITOR (*à part*)

      ... Moi qui, d'un trait d'esprit.
Ne voulais que narguer ce diable qui m'ennuit!
    (*Haut*)
Il n'est rien que Paris n'exhibe ou ne produise,
Tout y trouve son prix : l'ordure et la sottise,
Et l'on est mal venu quand on veut critiquer.
Eh! bien donc, qu'on divague!

LAMARK (*avec force*)

      Eh! je veux raisonner.

AUDITOR (*levant les bras en l'air*)

Au diable la raison!

DARWIN (*d'un ton piteux*)

     Que veux-tu donc qu'il fasse?

AUDITOR (*résigné*)

Rien.

DARWIN (*à Lamark*)

  De Ferry sers-toi, voyons, et nous délasse!
Arrive à la hauteur de son sévère esprit.

AUDITOR (*complaisant*)

Conte-moi simplement les exploits de Ferry.

LAMARK

.... L'insecte voyant donc rouler dans la poussière
Le guerrier tout meurtri sentit à sa paupière
Une larme monter : Ah! c'est le but final
Que j'atteins, cria-t-il; j'y vais, à l'hôpital!
Il s'approche aussitôt du soldat en partance;
Et, caché dans son sein, prend d'assaut l'ambulance.

DARWIN (*baissant la voix*)

Entre nous, pour s'entendre, on peut dire tout bas
Certaines vérités que l'on ne prêche pas;
Ainsi quand il vous faut des âmes charitables,
Douces près du chevet et de crainte incapables;
Quand il faut au guerrier qui, frappé, doit mourir,
De sa mère, sa sœur un dernier souvenir;
Quand, sur le champ d'honneur, il faut voler sans armes
Pour étancher du sang et pour tarir des larmes,
On trouve à l'hôpital celles qu'on va bannir :
Ces anges protecteurs de ceux qui vont mourir.

LAMARK

Ces anges manœuvraient sur le champ de bataille,
Elles voyaient la mort, affrontaient la mitraille
Qu'un brutal ennemi leur lançait à dessein
Pour qu'on abandonnât les mourants en chemin.

AUDITOR (*ému*)

Pauvres Sœurs! je gémis à la triste pensée
Que naquit en ce jour cette haine empressée

D'un insecte si vil, dont, je crois, encor rien
Ne faisait pressentir l'incroyable destin.
Que fit-il à l'hospice ?

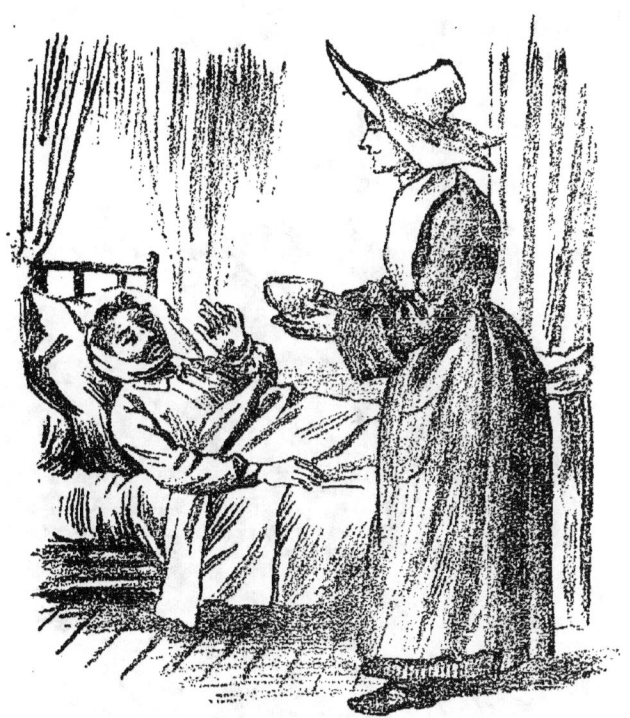

On trouve à l'hôpital celle qu'on va bannir.

LAMARK

Il garda la blessure
Jour et nuit, bravement, y cherchant sa pâture.

DARWIN

Si la sœur eût connu ses voraces instincts,
Qui réclamaient le pus enlevé par ses mains,

Je crois que, respectant le mets du parasite,
Tranquille et sans soucis elle eût gardé son gîte.

AUDITOR

Elle fit son devoir.

Ces anges manœuvraient sur le champ de bataille.

LAMARK

Mais le devoir parfois
Tombe, en d'*honnêtes* temps, sous la rigueur des lois !
Veuille donc remarquer que sous la République,
Surtout l'insecte a droit à la faveur publique.
On ignore après tout ce que dans l'avenir

Un insecte mal né peut faire et devenir.
Ferry l'a démontré.

AUDITOR (*d'un air entendu*)

C'est parole d'un sage.

DARWIN

Ce ne fut qu'affamé qu'il a connu la rage.
On aime tant qu'on veut le soldat, le blessé,
Mais jamais au dépens des clients de Circé.
Eh! pourquoi leur voler la douce subsistance,
Ruiner d'un seul coup leurs biens, leur espérance ?

LAMARK

Justement! « O 'Hasard, dit-il, quel attentat!
Et la cornette aussi trame l'assassinat!
Le papiste emporté fut toujours suceurcide,
Il inventa pour nous la poudre insecticide ;
Et sa mortelle main, menaçant notre sort,
La jette, et dans nos rangs partout sème la mort.
Il faut n'avoir du cœur, avoir perdu la tête ;
Il faut porter enfin une blanche cornette
Pour s'acharner ainsi sur un être innocent
Qui ne voulut servir que pour du sang comptant »

AUDITOR

Un argument serré !

DARWIN

Que je trouve sincère.

AUDITOR

Et pratique surtout.

Le roquet a du bon, mais une affreuse patte.

LAMARK

Néanmoins la misère
Revenait au galop; ne résistant qu'en vain
Sur le nez d'un roquet il émigre à la fin.
Le roquet a du bon : une peau délicate,
De longs poils, du sang pur; mais une horrible patte!
Sans elle il eût coulé des jours calmes, heureux
Si le bonheur allait à ce genre de preux.

*(Les interlocuteurs se retirent, se donnant rendez-vous pour
le lendemain).*

II

MÉTAMORPHOSE ET GRANDEURS

AUDITOR

Bonjour. maître Lamark, Darwin, je te salue!
Excuse tant de hâte à m'offrir à ta vue.
Vraiment j'ai mal dormi, ce Ferry tout le temps
M'a trotté par la tête.

LAMARK

Oh!

DARWIN

Flatteur!

AUDITOR

A mon sens
Le sauteur à cette heure arrivait à l'aurore
Du bonheur qu'ici-bas il attendait encore.

LAMARK

En effet.

DARWIN

Justement

AUDITOR

Cela, je le pensais,
Et pour l'apprendre net au galop j'arrivais,
Lorsque de grands cris dans les Champs-Elysées
S'élèvent brusquement pour troubler mes pensées.
Je m'arrête, regarde, et mille citoyens,
Leur long museau dans l'air jurent en vrais païens :
A bas ! fit l'un et l'autre : A l'eau ! Mort ! A la Seine !
A bas la République !

LAMARK

Oh !

AUDITOR

Je reprends haleine ;
Interroge un voisin : « Mort ! dit-il, trahison ! »
Je recule effrayé : « Bac-Lé, Kep et Lang-Son ! ! !
Les victoires là-bas couvrent des infamies.
Dans d'injustes revers les victimes honnies
Sont nos pauvres enfants ! — Pourtant... — En êtes-vous ! —
Moi, citoyen, je suis l'objet de ce courroux !
— Toi ? Tu tiens pour la clique au mensonge doré,
Pour ces hurleurs de bois que mène un loup taré ? —
Moi, citoyen ? — Oui ! — Mais non ! — Que si, te dis-je,
Et tu... — Je jure non ; bonsoir ! interrompis-je.
Et tenant à ma peau, moi, j'ai filé bon train,

Mais faillis sur le dos t'apporter ce gredin!
Que voulaient ces gens-là?

DARWIN

Mais ciel! quelle disgrâce!
Des poltrons effrontés, ils complètent la race.

LAMARK

Cela me contrarie, ébranle mon calcul;
Nos succès subiront un malheureux recul!

DARWIN

Pourquoi! Je ne vois pas ici ce qu'il faut craindre.

LAMARK

Sache donc, cher Darwin, qu'on est toujours à plaindre
De n'avoir pu trouver qu'un champion piteux
Pour défendre envers tous un système fameux.
S'il avait su briller par l'esprit, la vaillance,
A tous nos ennemis présentant sa défense
Il eût dit seulement : « Je suis autant que tous,
Je viens de p...., donc, tous p... sommes-nous! »
Qu'il l'affirme à présent! On oppose à son dire
Un hochement de tête, un accablant sourire :
« Tu restes ce que fus sous des dehors trompeurs,
» Tu ne dois qu'à des sots d'éphémères splendeurs ».
Tu le vois, pour Lamark, le coup est tout direct;
Le ridicule vient et me rendra suspect!

La Ferriade.

3

AUDITOR

Ce n'est pas ça, Lamark, que je désire apprendre,

DARWIN (*à Auditor*)

De son savoir profond que veux-tu bien attendre ?

AUDITOR

Un quart d'heure amusant.

DARWIN (*à Lamark*)

Montre donc sur son chien
La p... tamponnant son glorieux destin.

LAMARK

... Tandis que l'émigré menait sa triste vie
Dans la crainte, la honte et dans l'ignominie,
La France, il le fallait, subissait ses destins :
Les fureurs de Bellone et cent républicains.

AUDITOR

O France ! ô ma patrie ! en ces jours de ténèbres
Je vois ton sang couler et des fêtes funèbres,
Par leur triste appareil, en deuil de tes enfants,
Arrachent à nos yeux, las ! des pleurs impuissants.
Une mère tremblante accourt quand la nuit tombe,
Cherche un fils égorgé ; trouvant enfin sa tombe,

Soudain s'évanouit! Une autre sur ses pas
Vient aussi réclamer une proie au trépas;
Et le sépulcre noir à son âme éplorée
Répond en murmurant : « Tandis que, déchirée
La France encor trahie abandonne le Rhin
Et laisse, dans l'Alsace, endormi le Prussien,
Elle souffre, elle pleure, elle appelle à son aide
Mais d'insolents tribuns à l'empereur succèdent;
Pour s'élever, au loin, ils traînent à la mort
Les époux et leurs fils, qui, soumis à leur sort,
Vont sur terre et sur mer au-devant du carnage;
Pleins d'une noble ardeur et d'un constant courage,
Se battent et, frappés, reviennent en ses bras
S'endormir en vainqueurs à l'ombre du trépas. —
Rend mon fils! — Il n'est plus. — Mort! Mon fils, gémit-elle,
Tu n'entends plus ma voix! De la nuit éternelle
Ramène vers ta mère un cœur trop vite éteint!
Écoute ma douleur et reconnais mon sein.
Je t'adjure, mon fils, au nom de ma tendresse,
Au nom de ton malheur qui cause ma détresse,
Par le ciel et par Dieu, dis-moi qui t'a frappé. »
Et du sépulcre noir cet accent échappé
Qui vient glacer le cœur de douleur et de crainte :
Mère, cesse en ces lieux une vaine complainte,
Et de ce noir tombeau retourne sur tes pas;
Car il ne reste ici que les fruits du trépas!
Fidèle à notre amour, fidèle à ma patrie,
J'ai dû pour notre honneur renoncer à la vie.
Mais maudis l'insensé qui s'élève un autel,
Où le peuple aveuglé d'un encens criminel

Pense encor l'enivrer. Il met son espérance
Dans la proche ruine et la mort de la France !
Mais nous, ma mère, ici, près de ces sombres bords,
Rendez-vous malheureux où s'arrêtent les morts,
Nous voyons l'avenir ! Sans égards pour nos peines,

Je t'adjure, mon fils, au nom de ma tendresse,
Au nom de ton malheur...

Après avoir donné tout le sang de nos veines,
On nous laisse gémir !... Vois comme tes martyrs
Au silence du soir livrent de vains soupirs,
O ma France chérie ! Ah ! quel est donc le crime
Qui te fait choir ainsi jusqu'au fond de l'abîme !
Qu'as-tu fait ? et pourquoi ce triste aveuglement
Qui renonce au passé ; par l'abus du présent

Fait naître sous tes pas des ronces, des épines ;
Comble ton sein de haine et ton sol de ruines !
Pourquoi d'obscurs enfants, sans honneur et sans noms,
Te rendent-ils enfin, Reine des Nations,
Misérable au foyer, sans force à la frontière,
Un objet de mépris pour la haine étrangère ;
Comment, vils séducteurs d'un peuple confiant,
Ont-ils osé traîner sous un ciel dévorant
Ces immenses troupeaux d'innocentes victimes,
Dont le sang doit couler pour racheter leurs crimes !
Comment ! comment !... Français, à l'heure du danger
On voyait autrefois ta main se reposer
Sur le fer ! et ton âme ouverte, recueillie,
Ecoutait sans aigreur la voix de la patrie !
Ce temps est écoulé. Pour capter tes faveurs
Il importe aujourd'hui que des propos menteurs
Egarent tes esprits, troublent tes destinées,
Insultent des tombeaux les ombres effrayées,
Inquiètent ton cœur, amènent de tes yeux
Sur l'épouse fidèle des regards soupçonneux.
Est-ce pour devenir le jouet de la terre,
Perdre la douce paix, te déclarer la guerre,
Que tu viens de choisir d'entre tes rangs pressés
D'un débile Sénat les sages insensés ?
Admirable progrès d'en avant en arrière
Dont se vante un grand peuple en ce temps de lumière !
Ne nous étonnons plus que tes représentants
Osent bien te traiter en un peuple d'enfants.
Je ne vois que troupeaux de serviles esclaves
Chantant leurs libertés au milieu des entraves ! »

DARWIN (*avec emportement*)

Que ne peux-tu suspendre à des saules-pleureurs
Ta lyre gémissante, et taire ces douleurs !
Dans ce peuple abusé sont tes amis, tes frères :
En cherchant le bonheur ils trouvent des chimères.

LAMARK (*continuant son récit*)

... Je vis donc le Hasard se creuser le cerveau
Pour aller leur jouer un tour rare et nouveau.
Il sourit tout à coup, son œil noir se dilate ;
Il a trouvé son fait, son plaisir èn éclate :
« Ah ! vraiment, ce serait un spectacle fameux
» Si je rendais les Francs le jouet de ce gueux !
» D'un ris moqueur l'enfer signerait ma prouesse,
» Qui de ce vain mortel éteindrait la sagesse. »
Il dit et, du regard cherchant notre héros,
Le voit sur son roquet accablé de cent maux.
Hasard vole vers lui. Pour calmer ses alarmes
Doucement il l'endort par le jeu de ses charmes,
Et de même qu'on voit en un étroit cocon
S'engourdir certain ver devenant papillon ;
Ainsi, mais en dépit des lois de la nature,
L'insecte en ce sommeil désertant sa toiture,
Comme ce perroquet qu'exauça Jupiter
Dans la tête d'un sot se sentit emporter...

AUDITOR (*préoccupé*)

En vrac pour le Tonkin !

DARWIN

Pour compléter l'idée
Du Transformisme en lui, j'ajoute la pensée...

AUDITOR

Ah! grâce du principe!

LAMARK (*avec surprise*)

Eh! donc...

DARWIN

Oh!...

AUDITOR

Cependant
Sans principe je veux qu'un bon mot soit charmant.
La Bruyère et Pascal s'ils s'y mettaient ensemble
Ne trouveraient en ça de principes, me semble.

DARWIN

En Ferry, qui se voit choyé par le destin!

LAMARK

Qu'on élève au Congo, qu'on couronne au Tonkin!

AUDITOR

Et que l'on met partout...

LAMARK

... Que malgré son adresse...

DARWIN

Et quoique titubant de crapuleuse ivresse.

AUDITOR

En culotte de sang...

DARWIN

... Des roseaux à la main !

AUDITOR

Ce sceptre ridicule éblouit ce Prussien.

DARWIN

Et refoule au Levant les fureurs, les menaces...

LAMARK

Et console Strasbourg qui pleure sur nos places...

AUDITOR

Ce progrès inouï valait donc, par saint Marc !
Qu'il supportât du dos le talon de Bismarck.

LAMARK

L'évolution est faite ; il possède son âme ;
Son cœur, à point trempé, s'ouvre, bat et s'enflamme.

Mais Hasard commandait : « Ferry sera ton nom ;
Reçois en ce beau jour la noble mission,
Qui ne peut te combler que d'honneur, que de lustre :
Va ! de mille idiots deviens le plus illustre !
Pour te faire un renom, poursuis le clérical :
Tu sais que par le bien il règne sans rival ;
Ecarte-le, mon fils ! Qu'un respect ironique
Abuse le niais, sauve la République.
Les Français inconstants, volages étourneaux,
Au bruit de la cymbale accompagnent les sots.
Plus un projet est creux, plus il fait de tapage,
Et la foule en dansant fêtera son passage.
Un jour, je te préviens, par ton zèle indiscret,
Tu te feras siffler des tiens : — mais en secret ;
Gentilhommes flamands, leurs prudes ménagères
D'un Article avorté t'enverront les poussières.
Qu'importe ! Avec du cœur on supporte l'affront
Qu'on transforme en laurier sans la moindre façon !
C'est la fatalité... Quand la Loge cynique
Te dira nuitamment : « Pour paraître laïque,
Pour monter, régenter, sois âpre tyranneau,
Que nul serment te lie ; et, pour ramper plus haut,
Arme de tes fureurs les viles populaces
Qui puisent sur le zinc les troublantes menaces ; »
Quand après ces conseils, elle va t'indiquer
Le plan de ta conduite et les coups à porter,
Quand elle dictera des amas de paroles,
De vingt tyrans voilés subterfuges frivoles,
En perroquet bien fait il faut tout écouter,
Ressasser ces discours, surtout les répéter !

Or, me sentant pour toi des entrailles de père,
Je veux, te prémunir d'un savoir salutaire :
L'homme ne se fait pas du jour au lendemain
D'un fidèle fervent un effronté coquin ;
Il subit la raison. Tes ruses seront vaines ;
Tu risqueras de perdre et ton temps et tes peines,
Quand aux discours trompeurs, dont il faut aveugler,
L'apparence du vrai ne saura s'appliquer.
Sache feindre d'abord, prodiguer les promesses,
Puis, pour gagner du temps, redouble tes prouesses ;
Etourdis les badauds du nom de liberté ;
Trompe-les tous, au nom de la fraternité ;
Dis : pour te délivrer, pour rompre cette chaîne,
Il me faut la serrer et puis... reprendre haleine...

AUDITOR (*outré*)

Canaille de dieu !

LAMARK (*résigné*)

Mais...

DARWIN (*avec emphase*)

C'est labourer, semer,
Afin qu'en temps utile on puisse moissonner.

LAMARK

... Tout œuvre, à ses débuts, demande un sacrifice.
Est-ce qu'un boxeur noir quitte jamais la lice

Parce que pour combattre on exige de lui
Qu'il dépose d'abord ses gants ou son habit ?
Ne sois donc pas surpris que ce dieu vienne dire :
Je voudrais que chacun arrive à se suffire;
Tel n'a rien, mais tel garde un chalet, deux châteaux !
Qu'il lâche son chalet pour caser ses rivaux;
Il donnera, non point quelques habits d'automne,
Pour qu'on passe l'hiver avec sa vaine aumône,
Mais de force ou plein gré, le meilleur des châteaux
Pour que les citoyens se sentent tous égaux...

AUDITOR

Pauvre bête, ton dieu !

LAMARK

Pourquoi donc ce blasphème ?
Quand à rien réformer on n'arrive soi-même,
Il te conviendra bien que même le Hasard
Sur le mal incurable abaisse son regard.
... Tel, dit-on, peine aux champs, tel brille à la mangeoire,
Moi je vis en faquin, tu sèmes le pourboire,
S'il fallait regarnir un gousset trop léger.
On verrait du clergé les biens à partager !...
Le peuple applaudit tout; sache tendre ta voile
Et dans un ciel serein tu verras ton étoile
Resplendir pour longtemps d'un aveuglant éclat;
De timides clameurs, surtout, ne fais état;
D'un souris dédaigneux accueille les réclames;
Au règne de l'erreur va conquérir les âmes;

A l'enfance d'abord tu feras son procès ;
Car c'est d'elle, entends-tu, que dépend ton succès...
Il importe à nous tous, à la chose publique,
Que l'enfant ne soit plus chrétien ni catholique.
Qu'on te laisse le soin du plus cher de tous biens ;
Profite de ce droit ; en adroit politique
Ne parle pas de Dieu, mais du culte laïque :
Autrement, mon cher fils, tu mettrais les esprits
En ce gênant éveil, précurseur du mépris
Dont il faut couvrir Dieu, mais se garder soi-même.
Que nul ne rende au Christ cet hommage suprême
De relire sa Loi par curiosité :
Il n'en faudrait pas plus pour qu'on soit détrompé
Et te faire éprouver le poids de la colère !
Affecte donc toujours un zèle salutaire
Sous l'œil des parents ; mais poursuis en secret
De nous gagner leurs fils le louable projet.
Qu'un superbe dédain ou qu'un prudent silence
Des devoirs religieux nourrisse l'ignorance :
C'est ainsi que l'enfant, gagné dès le berceau,
Gardera de l'enfer le culte encor nouveau.
Je sais que, sans tarder, une mère affolée
Se verra de son fils honnie ou délaissée ;
Que le père, voyant sa propre autorité
Se perdre au même pas que fuit la piété,
Comprendra son erreur et versera des larmes,
Dans le calme des nuits connaîtra des alarmes,
Gémira sur ses torts, et voudra retenir
De ses droits paternels le cours prêt à finir.
C'est au retour du vrai, quand l'on voit du mensonge

Les esprits détournés comme d'un triste songe,
Vers un temps qui n'est plus ramener tous leurs vœux,
Qu'il faut des vains remords cueillir les fruits heureux.
Entends bien : l'homme mûr qu'une vérité sainte
A nourri de son miel, marqué de son empreinte,
Peut dans l'emportement d'une ardente fureur
Loin du Sauveur, son Dieu, rechercher le bonheur.
Mais lorsque, à chaque pas, son bien imaginaire
Et l'attire et le fuit, il gémit, désespère;
Il retourne à la fin au bien qu'il a quitté.
Contre toi quand viendra cette fatalité;
Quand, comme la lionne, une mère emportée,
Voyant sa fille aimée à l'ordure vouée,
D'un cruel désespoir accourra t'accabler;
Quand enfin tous les Francs iront se rassembler
Sur quelque Champ de Mars, et pleurer leurs faiblesses
Après que, vainement, dans les ombres épaisses
Ils auront recherché l'arbre de Liberté
Pour prendre à ses rameaux un fruit qu'il n'a porté,
Alors! alors, mon fils tes nouvelles phalanges,
Faites d'enfants gâtés au sortir de leurs langes
Déjà te fourniront un suffisant soutien;
Sans foi comme sans mœurs, sans soucis d'un Dieu saint,
Je sais qu'à ton appel ces vauriens pour te plaire
Rompront même un poignard dans le sein de leur mère. »
Hasard avait parlé; Ferry rouvrant les yeux
Applaudit à loisir ce discours vaporeux.

DARWIN

Le ciel étant encor sans feux et sans nuage

Ce Narcisse voulut contempler son image.
Ferry donc à l'instant alla d'un pas joyeux
Dans une onde limpide admirer ses beaux yeux.
Il n'est pas de chacun d'étaler les doux charmes

Rompront même un poignard dans le sein de leur mère

D'un œil mis de travers qui sécrète des larmes,
Ni d'un nez rabattu dont l'ample extrémité
D'une bouche ébahie emplit la cavité!
« Je goûte fort, fit-il, une joue arrondie
Qui doit en mille cœurs faire naître l'envie;
Des balafres surtout j'aime l'étroit sentier
Dont les tours et détours mènent à mon cimier.

Dans ce corps après tout je me trouve fort bien,
Ce cerveau paraissant moins vide que le mien ;
Le poil est un peu rude et la barbe touffue,
Mais ce qui me revient, ce qui plaît à ma vue
C'est cet ample poitrail, c'est ce large estomac
Qui doit me tenir lieu de cuirasse et de sac.
Sans ombre de mollet, la jambe est bien fluette !
Qu'importe, je suis bien, et des pieds à la tête !
Mais qu'est-ce, près du cœur, qui me chatouille autant ?
Serait-ce une douleur, ou quelque sentiment ?
Cela tenaille dur !... c'est un ventre en alarme,
Qui d'un met savoureux réclame aussi le charme !...
Eh ! certes, pour former d'efficaces projets,
Il faut bien se refaire aux ardeurs des banquets.
Pour prétendre aux honneurs, je vais au jour produire
La preuve que je puis boire, manger et pire ;
On sait que de mon fonds je ne suis propre à rien,
Ou plutôt que je sais rendre un mal pour le bien...

LAMARK (*préoccupé*)

A l'instar de Grévy.

DARWIN (*poursuivant son récit*)

... Mais qui donc pour un crime
Commis innocemment me voudrait sa victime !
Qu'importe que la Loge, en son zèle indiscret,
Me mette dans la main un insensé projet.

A me voir constamment de l'aimable bouteille
Extraire à tour de bras les présents de la treille,
On saura qu'entre toasts pris d'un profond sommeil
Je laisse aller les gens et tourner le soleil.

III

GRANDEUR DE FERRY
SA CHUTE ET SA FIN

AUDITOR

Or, maître, par son Sort mollement entraînée
La France au premier gueux passant sa destinée
Cherchait un dictateur.

LAMARCK

Alors Hasard s'empresse...

AUDITOR

Il tourne en sa faveur et Bacchus et la Presse...

DARWIN

Du peuple résigné Ferry montant l'autel,
On l'acclame, en buvant, par un vote immortel;
On le toise, on l'admire, on pressent sa folie...

LAMARCK

Mais tous mettent la main à sa biographie!

La Ferriade.   4

DARWIN

Des deux Chambres d'ailleurs jusques au... cabinet
Le parcours ne lui prend qu'un an, plus un banquet.

AUDITOR

En bon rang là dedans il se dit à sa place !
Inconscient tyranneau, sang mêlé, forte crasse,
Tout comme ses pareils, machine à digérer,
Il ne vaut qu'en restant grippe-sous de métier.
Insecte ou bien goujat de la France nouvelle
Il mord à belles dents l'abondante mamelle ;
Et s'il vient à lasser son sujet méfiant,
Il le lâche d'ici, mais le pince autrement ;
Car, chez les gueux unis le même instinct avide
N'a d'égal qu'un penchant bas, corrompu, perfide...

DARWIN

Ferry pour opérer, amateur d'un bon lit,
Prit pour point de départ le rêve d'une nuit.
En songe il aperçut d'une façon comique
D'un froc abandonné surgir un sot laïque !...
Pour lui, charmante idée ! Il l'adopte séant ;
Sans un brin de toilette, il vole au Parlement ;
Bondit sur le trépied, fixe son auditoire,
Et sans même parler déjà chante victoire !
On s'étonne et l'on fait « Haro pour le baudet ! »
Mais lui sans s'émouvoir exhibe son projet !...

LAMARCK

Tu sais le virement qui se fit dans les têtes,
Le calme qui suivit les premières tempêtes !

AUDITOR

Tu vis aussi, je crois, à travers cent journaux,
Que les Francs avaient l'air fatigués d'être sots.
Penses-tu que Ferry, dont tu connais l'histoire,
Pouvait d'aucun parti soutenir la victoire ?
Un jour, tu le verras, certes, de son plaisir,
Qui, des bons, des mauvais auront plus à pâtir.

LAMARCK

Pourtant, on l'admirait en ville, à la campagne ;
On arrosait l'idole et d'huile et de champagne ;
On la traînait partout de fêtes en banquets...

AUDITOR

... On tressait son bonnet de stupides projets !...

DARWIN

Dès lors plus de repos : son âme tourmentée
En vain s'abandonnait dans les bras de Morphée !...

AUDITOR

C'est que dans le sommeil mille spectres sanglants
Agitaient ses esprits, bouleversaient ses sens.

Qui sait si dans la nuit la Patrie en alarmes
N'exhibait point ses morts en brandissant ses armes,
N'allait pas lui demander en son triste repos
S'il oubliait déjà ses pertes et ses maux.
« Eh! que t'ai-je donc fait, pouvait-elle lui dire;
» A de nobles souhaits ne dois-je plus suffire!
» Pourquoi tant de rumeurs, ces vœux impatients!
» Pour qui donc dresses-tu tous ces pâles tyrans,
» Auxquels, las! ta fureur me laisse abandonnée
» Pour servir de jouet ou de prostituée!
» Tremble! ingrat, tremble donc! » Et qui n'eût pas tremblé?
C'est qu'à Lille Ferry s'était tôt dévoilé :
Il fut chez les Flamands d'une rage infernale
Animer les badauds pour quelque saturnale;
Quand des brutes enfin, hurlantes de boisson,
En derviches tourneurs outrageaient la raison :
« Hou! hou! hou! citoyens; hou!! allait-il leur dire :
» De l'appétit, du cœur, et laissez-vous conduire.
» Croire en Dieu de nos jours, à sa religion
» Est un crime, ma foi, de lèse-nation.
» Soyons fourbes, coquins; soyons moins que la bête;
» On a droit à l'estime en cessant d'être honnête.
» Paraissons ennemis des bienfaisants abus!
» Catholiques jadis, nous ne le serons plus,
» Si, dignes de l'enfer, de sa rage éternelle,
» Consumés en entier de sa haine mortelle,
» Nos enfants à nos pieds, le poignard à la main
» Nous savons les réduire à n'être plus chrétien.
» Si la mère, obstinée en sa bigoterie,
» Voulait nous résister : arrachons-lui la vie!

» Dans les jours fortunés des révolutions,
» La fureur de chacun s'impose aux nations ! »
  Les bonzes enivrés par ces propos infâmes
Au meneur officiel allaient vouer leurs âmes.

DARWIN

  Après ce noble exploit, fier de ses travaux,
Ferry resta blotti chez les municipaux.

LAMARCK

  Auditor, est-ce bien la conduite frivole
D'un insensé tout fait, dépourvu de parole ?
D'où lui vint donc alors cet empire fameux,
Ce vouloir triomphant : ou du diable ou des dieux !

AUDITOR

  Le ciel ne ruait pas autour de son carrosse
Mille êtres dégradés par la haine féroce.
Pourquoi loin du chemin de ce perturbateur
Tous les hommes de bien fuyaient-ils pleins d'horreur ?
Pourquoi ni le patron, ni l'ouvrier honnête
Ne daignèrent-ils point prendre part à la fête ?
Nous dira-t-on enfin pourquoi dans un grand deuil
De l'escorte il fallut préserver notre seuil ?

LAMARCK

La contrariété...

AUDITOR

Je dis : qui se ressemb'ent
Dans un bas-fonds commun volontiers se rassemblent,
Eh ! que ne puis-je encor, pour tout finir d'un mot,
Dire qu'en grenouillant on fêtait Soliveau.

LAMARCK

Tels aussi de nos jours, sous un autre hémisphère,
Dans le creux des vallons, dans le bois solitaire,
Des Hindous en furie, écumants de boisson,
Courent deçi delà sans but et sans raison ;
Enfin d'une pagode emportant leur idole
Selon le jour de l'an lui font jouer son rôle.
De ce bloc insensible ils chantent les exploits ;
Pour le faire parler ils lui prêtent leurs voix.
Dès lors, émerveillés de son pouvoir étrange,
Ils lui frottent la face et de sang et de fange ;
Le véhicule hideux devient char triomphal
Sous lequel le fakir transforme un sort fatal.
Ainsi le dieu Ferry ne dut son grand prestige
Qu'à l'erreur de la tourbe atteinte de vertige.

DARWIN

Le peuple a du bon sens jusques en ses travers :
Lorsqu'on vient l'abuser par cent discours divers,
Son erreur se défend ; il ne quitte sa voie
Qu'en quête de son bien.

LAMARCK

Or ça donc qu'on ne croie
Que je veuille à mon tour, frivole adulateur,
Par quelques grains d'encens mériter sa faveur !

AUDITOR

Rassure-toi.

LAMARCK

Jamais ma plume pour lui plaire
Ne l'a dépeint meilleur que je le considère.

AUDITOR

Je vois, moi, dans ce peuple un remuant troupeau
Qui poursuit en bêlant l'apparence du beau.

DARWIN

Le vulgaire peut-il discerner par lui-même
Quelles sont les vertus de son pouvoir suprême ?
Se trouvant disputé par les divers partis
Il n'a pour se fixer que ses seuls appétits.

AUDITOR

Je le plains donc, surtout quand, perdant toute joie,
Il pleure un Gambetta dont il était la proie.
Admettrez-vous jamais qu'un peuple tout entier
A parfaire son mal s'unît pour travailler ?

Non! d'instinct il ne veut que le vrai, le bien-être.
Pourquoi l'incriminer quand on lui fait paraître,
A l'exemple d'un Bert à la Loge vendu,
Dans le comble des maux, son idéal perdu!
Malheur aux imposteurs! malheur à cette engeance
Qui sur le fol excès base son espérance.
Le Français est chrétien, et d'esprit et de cœur,
Qu'il abjure son Dieu, c'est fait de son bonheur.
Proche je vois le jour où ce peuple en détresse
Brisera dans sa main la coupe de l'ivresse;
Lors, fièrement assis au sein de sa cité,
Reprenant de sa Foi l'antique liberté,
A de vagues tyrans, démolisseurs ineptes,
De ténébreux complots détestables adeptes,
Il ira demander un compte rigoureux
Et du sang prodigué sous des climats poudreux,
Et des biens gaspillés à lui faire la guerre,
Et de Dieu bafoué, bien qu'il l'aime et vénère!...
Qu'ont-ils fait de ce Dieu? Malgré mille serments,
Ils l'ont mis hors la loi, pourchassé dans tous sens!...
Pensent-ils, par hasard, que chacun à la chaîne
De leur insanité supportera la peine?

DARWIN

Je ne le pense pas.

AUDITOR

... Tritrognons de tyrans!
D'électeurs abrutis, dignes représentants!

Par cent tours et détours, par autant de faiblesses
Ils veulent esquiver le poids de leurs promesses.
Pour saisir le pouvoir ils ont su remuer
La fange des marais et tromper l'ouvrier :
Ils firent leur butin de la chose publique...
Le peuple exaspéré, cédant à sa logique,
S'impatiente à la fin de violents débats :
Fonçant sur le bourgeois il prélude aux combats.
Par amour fraternel il égorge ses frères ;
Il ira poignarder sur le sein de leurs mères
Les gosses qu'on ne rend mécréants, apostats.
« La liberté, fait-il, et vive les forçats !
» Loin de moi le guerrier et sa justice austère ;
» Plus de Dieu, point d'enfer ; vive donc cette terre !
» Trop longtemps les patrons, les comtes, les marquis
» Ont traîné sur leurs pas les plaisirs et les ris ;
» A mon tour, foudre et sang ! il faut l'égalité.
» On voudrait me jeter le moine, le clergé ;
» On m'offrirait pour prix de leur hideux carnage
» Le déshonneur du crime et leur froc... en partage,
» Qu'on ne m'y prenne plus ! Est-ce que le manant,
» De l'ouvrier peinard au rude paysan,
» N'apprit pas de Paul Bert qu'en jouant de nos vies
» Les meneurs ne visaient qu'ors et que pierreries !
» Que s'ils tonnaient très haut, la veille d'un conflit ;
» Le lendemain, calmés, ils s'éclipsaient sans bruit.
» Cependant à leur voix le peuple aux barricades
» Se précipiterait, laisserait ses brigades
» Périr pour prendre un bien qu'il ne peut conquérir ;
» Il irait de l'avant pour n'en plus revenir,

» Tandis que l'aboyeur loin du champ des batailles,
» A l'écart du canon, à l'abri des mitrailles,
» Tel qu'un rusé renard d'un vain bouc se jouant,
» Viendrait l'arme en bretelle écumer notre sang !
» Voilà comment jadis sous le ciel bleu de France
» S'en furent de l'ivresse à la désespérance
» Le cruel Marseillais, l'aveugle Girondin,
» Ainsi surtout régna l'atroce Jacobin.
» Alors, comme en ce jour, l'accorte République
» Vivait des rêves creux au profit de sa clique,
» Menant les citoyens, ignorants ou badauds,
» Comme les matadors leurs sauvages taureaux.
» Ceux-là vont dans l'arène où leur ruse prudente
» Oppose à l'animal une pourpre éclatante
» Qui fixe sa fureur, ils frappent; abusé
» Le taureau valeureux s'abîme transpercé!... »

LAMARCK

Sans doute le meneur à l'apprenti du crime,
Dit : « Homme inconséquent, troupeau pusillanime,
» Qui ne veut le bonheur que par de vains soupirs,
» Mais verse donc le sang où nagent les plaisirs !
» Voici l'abbé dodu, voilà les gras chanoines,
» Ici le religieux, et là-bas, les gros moines;
» Immole, égorge tout : des vils accapareurs!
» Frappe, je les confie à tes justes fureurs!...

AUDITOR

Le peuple qu'un bon sens rarement abandonne
Frémit à ce discours; tu sais comme il raisonne?

« S'il est vrai, se dit-il, que le sort ici-bas
» Arrête le destin borné par le trépas ;
» S'il ne flotte en le temps qu'ombres que rien n'éclaire ;
» Si je vois hors de moi, que mensonges, chimères,
» Pourquoi suis-je valet, et ce vaurien, patron ?

Pourquoi suis-je valet, et ce vaurien, patron ?

» N'être pas, charbonnier, maître dans ma maison !
» Assez de vains propos et de ronflantes phrases ;
» Pour saisir le réel mettons les tables rases :
» Ces moines, ces curés, tous nous les connaissons ;
» S'ils tourmentent le ciel à force d'oraisons,
» Ils défrichent les bois, ils fécondent les terres,
» Rachètent par leurs vœux les forfaits de nos pères,
» Qui, bernés tant que nous par quelques libertins,

» D'honnêtes roturiers devinrent assassins.

» A ces dupes les coups, aux autres les richesses,

» Tel fut l'avortement de troublantes promesses.

» Fidèles de nos jours aux leçons du passé

» De rusés aigrefins dans ce chemin tracé

» Voudraient nous rejeter de crimes en folies !

» Aux prêtres mis à sec laissons leurs ladreries.

» Gambetta fit savoir qu'en tâtant le Trésor

» Sans peine il se pourvut de cent millions d'or.

» Il était mûr et mûrs sont aussi ses semblables

» Pour figurer enfin sur nos frugales... tables :

» Qu'un vampire soit rouge, ou violet ou blanc,

» Il n'importe qu'il meure ! au peuple son argent ! »

DARWIN

Ces sinistres clameurs répandaient un malaise

Parmi les vains bourdons de la Chambre française.

Depuis des ans déjà par d'insensés projets,

De mensonges osés et d'infâmes pamphlets

Ils ameutaient ce peuple, ils le formaient aux crimes,

Le berçaient follement d'espérances sublimes ;

Mais les cœurs s'irritaient de tant de fleurs sans fruits :

Par leur loup dévorant ils ne sont qu'entrepris.

AUDITOR

Il te faut à la fin constater l'évidence.

DARWIN

Il n'est jour dans l'année où quelque méfiance

N'envahisse des cœurs naguère dévoués ;

Vainement entre toasts des esprits forts... bornés,
En dépit du bon droit, pour encenser l'idole,
Repoussent la cornette en fermant une école,
Ils démontrent ainsi, même à l'homme suspect,
Qu'ils sont sans foi, ni loi, mais des maîtres abjects !

LAMARCK

... Ferry sans préjugés, grâces à sa folie,
A part lui se plaisait à repasser sa vie :
Ma foi ! rien de saillant ; en somme, peu de chose
Lui revenait alors de sa métamorphose,
Et cependant Hasard, le serrant sur son sein,
S'il mangeait du Jésuite et du Dominicain,
Lui promit sans compter profits, plaisirs et gloire ;
Et le sort malgré tout balançait sa victoire !
Sa valeur ne veut plus de tous ces contre-temps !

AUDITOR

A quoi bon, en effet, abrutir des enfants
Plus avancés que lui dans les faubourgs des villes,
S'il ne pouvait bannir de nos cités tranquilles
Les maîtres éprouvés, enseignant la sagesse,
Qui, malgré ses efforts, informaient la jeunesse.
Stupide Aliboron, il mâchait le laurier
Dont il n'arrivait pas à couvrir son cimier.

DARWIN

Et quel prodige alors !..

AUDITOR

Une bave neigeuse
Débordant de sa bouche en sa barbe hideuse...

DARWIN

Mais comme en d'autres temps la Sibylle en fureur...

Stupide Aliboron, il mâchait le laurier...

AUDITOR

.... Il connut le concours de quelque dieu trompeur !
Rassuré par l'apport de l'esprit des ténèbres,
Voulant en remontrer aux partisans célèbres,
Il provoque en duel le terrible Simon ;
Compte en un tour de main terrasser ce lion.
En lice ils sont tous deux, excitent leur colère,
S'indignent tour à tour contre leur adversaire ;
Ils prennent leur élan, s'enlacent de leurs bras ;
Ferry se sent serré ;... mais il ne tremble pas !
Il est grand, plein de flegme, il est dans le bel âge,

Attendant de Hasard sa force et son courage ;
C'est qu'à ce noir génie, il a livré son cœur,
Avec tous ses instincts et son ombre d'honneur,
Si je dis « ses instincts », c'est qu'il n'eut jamais d'âme,
Car de Dieu seul nous vient cette divine flamme ;
Et dans Ferry, Hasard borna son action
A produire un jouet dépourvu de raison.

LAMARCK

Or, en ce grand péril, à deux doigts de sa perte,
Titubant et roulant, tel un Bacchus inerte,
Défiant au ruisseau les injures du Temps,
Ferry n'escompte plus que ses entêtements
Pour tomber son rival, pour remettre en déroute
D'obscurs blasphémateurs accourus sur sa route.

DARWIN

Que son front dur, ridé respirait de mépris
Pour tous les sots changeants qui gouvernaient Paris !

AUDITOR

Enfin ! pour son malheur, le fougueux adversaire,
Jusque-là son ami, son collègue et son frère ;
Qu'on vit en d'autres temps goûter tous ses avis,
Irrité du sang-froid de cet être incompris
Le repousse, et l'abat, le tenant face à terre
Convoque à le huer la nation qu'il libère :
Et le peuple, étonné de trouver impuissant

L'idole qu'il choyait, comblait de son argent,
S'exaspère à son tour et demande sa tête.
Lors le ciel se confond en subite tempête,
Un tonnerre inconnu gronde dans le lointain :
Quand César présidant aux plaisirs des Romains,
Faisait couler à flots le sang de ses victimes,
Pour plaire et pour distraire accumulait des crimes,
Pour les atroces jeux dépeuplait les déserts
De tigres, de lions, de cent monstres divers,
La sanglante fureur de la tourbe insensible
Dans son amphithéâtre éclatait moins terrible
Que l'indignation du Français détrompé.
Ferry tremble du coup, son cœur en est glacé ;
D'un tyran audacieux il perd la contenance.
Sentant sombrer en lui la vie et l'espérance,
Son regard s'obscurcit ; son genou fléchissant
Pour la première fois le trouve trop pesant.

LAMARCK

C'est que le désespoir est toujours le partage
Des fanfarons du crime et de certain courage...

AUDITOR

... Pâle et déjà soumis, de larmes pleins les yeux :
« Tu triomphes, Simon, épargne un malheureux !
» Dit-il ; d'un Dieu vengeur j'affrontais la colère ;
» Sa justice aujourd'hui, se sert de toi, mon frère,
» Pour me tirer aussi de cet aveuglement :
» Las ! je n'étais point né pour vivre tout puissant !

» Les splendeurs d'ici-bas exaltent la faiblesse
» Qu'un revers imprévu jette dans la détresse.
» Mes yeux se sont ouverts au contact du malheur :
» Vois mon état, Simon, et qu'il touche ton cœur. »
Simon lui répondit : « Je ne veux d'autre gloire
» Que le respect du droit qui me vaut la victoire ;
» Mais j'offenserais Dieu, si, dans un tel bonheur,
» Je ne savais d'abord compatir au malheur.
» Lève-toi, réagis ; et, corrigeant ta vie
» Répare tes grands torts en servant la Patrie ;
» Sache te modérer en ta prospérité ;
» Garde-toi de l'erreur, de l'inhumanité ;
» Favorise tous ceux qu'aux jours de ta puissance
» Tu voulus à tout prix expulser de la France. »
Ainsi parlait Simon reculant de deux pas
Pour mieux le relever, le presser dans ses bras.
Or, à peine debout, sans voix et sans haleine,
Mais d'un mortel poison la bouche encore pleine,
Ferry, traîtreusement, pour sortir de ce cas,
Vomit, manque son homme et... reste en l'embarras !
Simon, exaspéré par tant de perfidie,
Pensait donc en finir de cette odieuse vie.
Dédaigneux cependant de tant de lâcheté,
Il ne veut l'accabler que d'un projet raté.

LAMARCK

Lâché, brisé, ruiné, sa chute étant prochaine
Ferry veut dérober son dépit et sa peine :
Maudissant les humains, insultant tous ses dieux
En hâte il s'en retourne en la peau des aïeux !
La Ferriade.

5

Vermine rénovée, errant, il vit l'enseigne :
« *La méthode Ferry c'est ici qu'on l'enseigne* ».
Il en fut tout joyeux : « Qui sait lire, lira.
Ici, certes, fit-il, le public entrera. »
Il entre lui-même, et, pour être au moins honnête,
De l'unique auditeur, il bondit à la tête.
Oh ! quel sujet charmant : un gamin de Paris !
Et vermine d'aller du chef dans les habits.

Le maître, très laïque, homme sachant son rôle
De communard brûlé, prend bientôt la parole,
Prodigue pour Ferry des éloges pompeux,
Exalte ses hauts faits, l'élève jusqu'aux cieux.
« Il fut, déclare-t-il, de cette pauvre France,
» Le régénérateur, et l'unique espérance.
» Alexandre, César, Annibal, Scipion,
» Gengiskan, Tamerlan, aussi Napoléon,
» Etaient faits pour régner par la force des armes,
» Au milieu des combats, dans le sang, les alarmes ;
» S'ils savaient démolir et bâtir à nouveau,
» Entre mille ennemis se creuser un tombeau,
» Quand ces ombres enfin étaient évanouies
» Ne fallait-il se dire en repassant leurs vies :
» Tous furent des héros, mais zéros à moitié :
» S'ils causèrent du mal que n'ont-ils enduré ?
» S'ils dispersaient des rois, usurpaient des couronnes.
» Ne voyaient-ils aussi trembler, tomber leurs trônes ?
» Pour durer et régner ils usaient des armées ;
» Les chances d'un combat fixaient leurs destinées.
» De notre maître à nous il n'en va point ainsi :
» Qu'il fut donc plus heureux cet illustre Ferry !

» Sans aide, sans appui, sans que le canon gronde,
» Par son puissant génie il eût changé le monde...
» Ramenant à grands pas la Révolution
» Il fut des Jacobins le digne champion.
» Il eût émancipé la bouillante jeunesse,
» Qu'il voulait s'attacher à force de tendresse :
» C'est qu'il n'ignorait pas qu'un arbre trop penché
» Souffre malaisément d'être enfin redressé ;
» Que l'enfance est légère et surtout fort flexible ;
» Que plus elle grandit, plus est irréductible.
» Aussi prétendait-il la former à ses goûts,
» De son sceptre affermi disperser à grands coups
» Et maître clérical, et dévote maîtresse,
» Pour mieux déniaiser l'une et l'autre jeunesse.
» Mais son sort fut celui de tout homme de prix :
» De passer son chemin en restant incompris.
» Du populo, fi donc ! au diable, chimères !
» A nous, cher, les trésors et voguent les galères ! »
Orateur de beugler, disciple de dormir.
A l'œuvre la vermine oubliait de gémir...
... .
... .

Mais enfin saturé de la peau de l'ami
Il s'indigne à le voir à ce point endormi ;
Il s'agite, tempête, animé de colère
Il lui darde en le bras sa trompe tout entière.
A ce sensible coup le dormeur en sursaut
Se réveille et séant écoute de nouveau.
Notre pipeur charmé de son rare mérite,
Célébrant son haut fait va regagner son gîte.

C'était trop se presser, trop de témérité :
Il courait au-devant d'un sort bien mérité.
Justement courroucé, le fruit de la Commune
Prend les armes sitôt contre qui l'importune,
Le poursuit ardemment de sa cuisse à ses pieds
Et finit par l'atteindre aux confins de son nez.

La fait verser enfin dans son noir encrier

C'en est fait ! Le voilà jeté sur la cassette,
A l'ombre d'un poing lourd qui menace sa tête !
La bête va périr ; d'un effort prodigieux
Elle veut se tirer de ce cas périlleux ;
Elle va prendre du champ et d'un bond fort rapide
Echapper lestement au poing insecticide.
Le gosse alors l'atteint, la chasse du papier
La fait verser enfin dans son noir encrier !
A sa chute profonde éclatant d'un fou rire

Le féroce gamin a cessé de maudire
Un tartufe ennuyeux et son fade caquet.
Il s'attache au noyé, qui devient son jouet.
Le pédago, penché sur le bord de sa chaire,
En fixant son disciple éclate en ton sévère :
« Attends, triple gavroche, achevant, je finis ;
» En avant, de Ferry, reprends ce que je dis. »
— « Qu'est-ce donc, entend-il, que ce ton de menace ?
» La liberté, vois-tu, c'est le fond de ma race ;
» A tout bon pétroleur il faut du vin, du sang ;
» A toi, je le redis, quadruple charlatan.
» Regarde en ce pétrin et quoi que j'en reçusse
» Comme moi ne vois-tu Ferry dans cette p... »

Décembre 1881.

Qui vit sans plaisir
meurt sans regret ! [1]

ODE

Un jeune rêveur, d'un pas lent,
Avec l'ennui pour sa compagne,
Vers le sommet de la montagne
S'acheminait en gémissant.
L'hiver dépouillait la nature ;
Plus de rayons d'or, de verdure,
Mais la fange sur le chemin.
Pourtant une feuille tardive
Devant sa prunelle pensive
En tremblant s'envole soudain.

— Voilà bien encor de la vie
L'image fragile, dit-il,
Nous vivons de pleurs dans l'exil,
De rires mêlés de folie !

---

1. Le 28 janvier 1909, je perdais ma fille aînée à l'âge de 22 ans.
Elle aimait les Arts et les Lettres ; s'y adonnant avec entrain elle collec-
tionnait pieusement les souvenirs de mes collaborateurs et de mes amis,
y compris ceux de son père. Elle avait mis la main sur plusieurs de mes
poésies de prime jeunesse avec d'autant plus d'empressement que je
ne m'en souciais guère. Que voulait-elle en faire un jour ! Je l'ignore. J'en
publie celles qui forment ce petit volume, en souvenir d'elle.

Et tout tombe sous l'Aquilon ;
Aujourd'hui la feuille fanée,
Demain l'arbre qui l'a portée
Disparaissent dans le sillon.

Mais cette feuille est insensible,
L'arbre n'éprouve aucun chagrin :
Pour pleurs la rosée au matin
C'est bien là tout son sort terrible !
Moi ! moi qui, d'un pas languissant,
Tends au sombre hiver de la vie,
A quelle nature fleurie
M'a-t-on vu sourire en passant ?
Aimer ! Ah ! c'est une loi sainte
Par la nature au cœur empreinte
Qu'il faut suivre ou mourir, dit-on.
Amitié ! pour toi je m'enflamme ;
Tout est glacé hors de mon âme
Et je fléchis sous l'Aquilon !

Ton bras sur moi s'étend, s'arrête,
O mort ! qu'un instant de plaisir
Remplisse au moins un court loisir
Et puis je te livre ma tête.
Ah ! cruelle ! marche, dis-tu ;...
Et je m'incline vers l'empire
Des morts sans avoir pu sourire
Aux doux appas qui m'ont vaincu.

Je meurs !... quand d'un pas solitaire
Il s'en ira vers mon tombeau,

Echo de ce chemin nouveau,
Ne redis plus ma plainte amère.

Va, va donc! cher objet de mes pleurs!
Je te souhaite un long aurore;
Le plaisir en feu te colore,
Détourne-toi de mes malheurs.
Mes pas s'en vont à l'aventure
Loin de toi; déjà la nature
En deuil pleure mon dernier soir!
Ciel! quelle rigueur et quel rêve!...
Mais non, le gazon se soulève,
La terre s'ouvre en tombeau noir!

Mes yeux, pourquoi verser des larmes?
Ne suis-je point seul à souffrir?
J'aime, il m'oublie et l'avenir
A son cœur promet d'autres charm s.
Jules, à l'ombre des ormeaux,
Sous tes pieds chers si je sommeille
Que ta douleur ne me réveille
Jamais de ce profond repos.

Je te quitte! De ta mémoire
Sache me bannir à jamais.
Mon ombre pour troubler ta paix
Ne quittera sa tombe noire. »

— Il dit, et pourtant son regard
Dans le lointain de sa pensée
Cherche encor l'image adorée,
Et n'y voit qu'un épais brouillard!...

Et de nouveau vers la montagne,
Avec la mort pour sa compagne,
Il porte ses pas chancelants.
L'orage souffle sur sa tête
Et l'Aquilon à la tempête
Arrache des gémissements.

Du mont, las! il atteint la cime,
Et là sur un roc qui s'étend
Au-dessus d'un gouffre béant
S'arrête pour mourir... Un crime?
Oh! non; — « Ah! Dieu clément, dit-il,
Qui vois mes douleurs, mes alarmes
Fais-lui d'heureux jours, que mes larmes
Finissent avec mon exil! »

L'Aquilon souffle sur ses pas
Avec fureur, tandis que l'onde
Achève une mine profonde :
Le roc et lui croulent avec fracas.

Octobre 1879

SATIRE

A UN POÈTE GRINCHEUX

De cet affreux pétrin où je me vois fourré
Par quel secours divin serai-je enfin tiré ?
De mon grand embarras je les vois tous sourire,
Et me tournant le dos sans pitié se redire :
« Une scène vraiment bien rare de nos jours,
La Critique incarnée inaugurant ses cours !
La voilà confondue et c'est donc légitime,
De la laisser périr en cet horrible abîme
Que de ses propres mains elle a voulu creuser.
Partons ! La secourir serait trop l'obliger.
Ainsi des Despréaux, des Régnier, des Horace
Disparaisse d'un coup la médisante race !
Laisser rimer les gens et passer son chemin
N'est donc pas plus civil au Français qu'au Rom in !
Des défauts d'un auteur, mais sans en rien écrire,
En son particulier qui l'empêchait de rire ?
Mais qui d'un noir poison sature chaque vers
Quand survient l'ennemi se défend de travers. »

Ainsi disent les gens. Dans ce péril extrême
Je ne trouve d'appui qu'au dedans de moi-même.
Je critique deux vers d'un poète naissant,
Et pourpre de colère il me jette son gant !

Que maudit soit le jour où le sort me fit naître ;
Bienheureuse la nuit où je cesserai d'être !
On méprise bien tôt un monde si pervers
Pour qui le moindre ris est un crime, un travers.
Des bêtises d'autrui qui n'aime à se distraire ?
Une pointe en passant et tous me sont contraire !
Fallait-il ignorer que tout méchant auteur
Qui rime sans espoir d'un avenir meilleur,
Grince des dents, se fâche à la moindre critique,
Par un défi superbe insulte au satirique ?
Il se croit blessé ; ciel ! que n'est-il agresseur !
Ecoutez cependant ; il défend son honneur.
« — Ah ! compère, fait-il, chez toi l'oreille est fine,
Longue aussi ; je crains fort que Corneille, Racine
Paraissent à tes yeux misérables auteurs,
Des fourbes, des coquins, des pédants rimailleurs.
Mais avant de trancher ainsi d'un ton de maître
Ne ferais-tu pas bien de nous faire connaître
Quelques nobles produits d'un éminent esprit ?
Ainsi, du moins, Boileau des satires qu'il fit
A tous justifia la cruelle hardiesse.
Je sais qu'en un moment d'inconsciente allégresse,
Pour imposer silence à mille auteurs divers
Tu daignas m'annoncer trois fois cinquante vers [1].
Ce beau feu s'est éteint, et déjà, pauvre hère,
Tu baisses œil et front, perds ta mine altière ! »

---

1. M. S... en effet après avoir accueilli les observations de l'auteur, lui fit remarquer à son tour que la critique en prose est facile, et prit au sérieux une promesse assez vague de son ami. Ses demandes répétées lui valurent enfin cette pièce.

Ce langage arrogant accuse le Prussien [1],
Dont le fade caquet vaut un peu moins que rien.
A l'entendre pourtant sa muse sans pareille
Regarde de bien haut Racine, aussi Corneille.
Quoi qu'il dise, après tout, je maintiens mon avis,
Je reprendrai ses torts en bravant ses défis.

Eh quoi! je souffrirai qu'une ignorante race
En dépit du bon sens gravisse le Parnasse,
Et là d'un fol aplomb étalant ses abus
Dans une prose en vers vante ses hiatus,
Ses rejets foudroyants, ses tournures forcées,
Sa nullité cachée en des rimes tronquées?
L'ignorance est d'aloi même en de savants jours;
La pruderie alors n'obtiendra pas de cours;
Critiquer est un art, rimer en est un autre;
Pour sauver un auteur il faut plus qu'un apôtre :
Chacun vante son fait; quand tous l'estiment vain,
Malgré tous il s'obstine à le trouver fort bien.
Est-ce ma faute, enfin, qu'une telle manie
Pousse certaines gens de folie en folie?
Je relève la faute et respecte l'auteur;
L'honnête homme peut être incipide rêveur,
Et j'en ai vu plus d'un au sublime prétendre
Qui ne trouva jamais un lacet pour se pendre;
Et bien d'autres qui, fous de leur premier succès,
Se croyant assurés d'un facile progrès,,

1. M. S... était professeur dans un Institut noble en Bavière. C'est
son séjour en Allemagne qui lui mérite ce nom, qui, dans la bouche
d'un Français, vaut presque une injure. Ici, c'est une simple plaisanterie
d'ami à ami.

Perdre soudain la tête, errer à l'aventure,
Demander l'idéal à l'horrible [1] nature,
Et pour suprême fruit de leurs efforts hideux
Dégoûter les mortels de leurs tableaux affreux.
Dans ce siècle surtout, si porté vers le change,
Beaucoup débutent bien pour finir dans la fange ;
Et cela je le dis à d'autres qu'aux Hugos,
Qui me semblent repus de l'antique lotos,
Pour n'être point touchés des mortelles nausées
Que donnent aux lecteurs leurs muses embourbées.
Pour se faire un renom ils remettent aux vents
Des papiers bien noircis et s'en vont tout contents.
« — Je prétends, me dit l'un, blessé de ma critique,
Jouir des libertés de notre République ;
Elle donne le droit à tous les citoyens
De vivre et de mourir en véritables chiens ;
Elle permet à tous de tout penser et dire,
Et laisse aussi la plume à qui veut tout écrire. »
Mais liez donc les mains à qui veut mal agir !
Ainsi tel assassin dont l'aspect fait frémir
Affranchi désormais de crainte, d'épouvante

---

1. Par horrible nature, nous n'entendons pas flétrir la terre et ses
productions naturelles, comme l'a voulu comprendre un ami à qui nous
fîmes lecture de cette pièce ; mais nous protestons seulement contre
ces hommes au goût perverti qui osent, dans un siècle de lumière
et de progrès, proclamer que le beau c'est le laid ! Par une fâcheuse
conséquence avec eux-mêmes, ces hommes, jaloux des anciens parce
qu'ils ne sauraient les égaler, prétendent les surpasser en se frayant une
voie nouvelle. Les anciens nous montrent les hommes tels qu'ils peuvent
être et tels qu'ils devraient être ; leurs adversaires nous les montrent
tels qu'ils sont et pires, parce que le réel ne leur semble pas assez
laid. C'est donc en défigurant la nature, pour la rendre méprisable, que
ces auteurs se rendent justement odieux.

Cède à la passion qui toujours le tourmente.
S'il a la soif de l'or, sa main use du fer ;
Tel est le forcené, échappé de l'enfer :
Vois ses affreux haillons pleins de sang, de poussière,
Son regard enflammé, sa démarche grossière ;
Il emprunte l'audace à ses nombreux excès,
Il ne va pour si peu renoncer aux forfaits.
Après avoir frappé d'innocentes victimes,
Emporté des fureurs qu'excitent mille crimes,
Il égorge tous ceux qui furent ses soutiens
Et pour tout couronner il périt de ses mains.
Un monde perverti donne de ces spectacles,
Mais le grand Apollon dans ses nombreux oracles
Ne découvrit jamais que ses glorieux états
Fussent parfois témoins de pareils attentats.
Par des soins paternels il chasse la Discorde ;
Il fait régner partout la divine Concorde.
Les neuf Muses, ses sœurs, de la cime des monts
Appellent tendrement leurs jeunes nourrissons.
Leur aimable regard pénétrant dans leurs âmes,
Y dépose en secret de poétiques flammes,
Et, certaines alors de leurs touchants appas,
Elles montrent la voie ; elles ouvrent leurs bras.
Une douce langueur, une affection tendre,
Un bonheur sans égal les unit tous ensemble.
Jamais vous n'y voyez d'orgueilleux fanfarons
Etalant pour valoir une liste de noms ;
Ni d'avares hargneux d'argent insatiables,
Aller vendre au boisseau des rimes détestables.
Ces ombres ne sont point au céleste tableau.

Apollon donne à l'un l'agreste chalumeau,
A l'autre les transports de l'émouvante lyre.
Et contre les intrus il tourne à la satire
L'homme qui ne craint point de se faire assommer.
Un critique pourtant défend-il de rimer?
Non! Il veut par la main te mener à la gloire,
Te montrer l'ennemi, te donner la victoire.
Eh! qu'est-il si ce n'est un maître judicieux
Qui t'apprend malgré toi l'art de toucher les dieux?
Quand donc tu sentiras une flamme sacrée
Remplir et consumer ton âme transportée,
Quand tu mettras en vers tes sublimes pensers,
Ecarte loin de toi tous ces esprits légers
Qui ne font qu'abuser l'auteur sur son ouvrage
Et du second travail lui cachent l'avantage.
Use à polir ta lime, enlève les défauts
Qui voilent le mérite en de nobles travaux.
Sache donc supporter un conseiller sincère :
Choisis-toi, pour ton bien, un critique sévère.

1879

ESSAI PHILOSOPHIQUE

L'HOMME

Tu connais des mortels les vœux, les espérances ;
Tu vois que sur leurs pas, ils traînent les souffrances !
Tous ces tristes humains, par le temps emportés,
Ne tendent qu'aux plaisirs. — Las ! trop tôt moissonnés,
Rêvant d'un faux bonheur, qui s'éloigne sans cesse,
Par le sentier des pleurs et parfois de l'ivresse,
Ils vont d'un pas pressé, sans trêve ni repos,
De leur pâle printemps à l'horreur des tombeaux.

L'enfant sourit à peine aux attraits de la vie
Que déjà la douleur, en cruelle ennemie,
Le saisit et l'étreint, l'emporte, et, ricanant,
Arrache des soupirs au jeune patient.
Ah ! vois ce nourrisson, cette ébauche d'esclave !
Les langes au berceau sont sa première entrave ;
Sans force et sans raison il rit, pleure, ou gémit ;
Il ne peut, il n'est rien si ce n'est par autrui ;
Et pourtant la douleur, attentive à sa proie,
Dans le sombre avenir déjà trace sa voie !
Le vois-tu transformé par quinze ans de labeur ?

La Ferrialle.

6

De sa jeune raison, cet homme est possesseur;
Son âme est ennoblie; armé par la science,
Consultant le destin, il dit son espérance:
Illusion! faux bonheur; c'est l'aurore d'un jour
Se montrant un instant, se perdant sans retour!
Eh! Qui n'a pu voir de nuit la lueur éphémère
Que le pied d'un coursier fait jaillir de la pierre?
Cette larme de feu, passagère clarté,
Ne va-t-elle s'éteindre en plus d'obscurité?
Las! telle est à mes yeux la bouillante jeunesse:
C'est un tressaillement, un transport d'allégresse
A l'aspect de bonheurs un instant entrevus
Au bout de l'horizon, qui déjà n'y sont plus.
Car en vain l'âge mûr avec plus d'expérience
Pour vaincre le malheur lutte avec confiance;
D'un effort superflu mille fois répété,
Briguant le bien d'autrui, mais du sien dégoûté,
Il use promptement les ressorts de son être.
Au banquet des plaisirs, il pense encore paraître!
Opprimant sa raison, oubliant ses destins,
Asservissant le monde à ses pompeux desseins
Je vois ce sot mortel, dont l'âme trop altière,
A son ambition ne veut plus de frontière!
La fureur de jouir l'entraîne sur les flots,
Le jette chaque jour en des périls nouveaux:
Il affecte aujourd'hui l'importance guerrière;
Demain du magistrat le maintien plus austère;
Jusqu'aux airs d'un manant, si tel est son désir,
Il n'est rien qu'il ne veut transformer en plaisir.
    Dans l'inquiète ardeur de la constante flamme

Qui tourmente son cœur et dévore son âme,
Il suit son idéal le long de son chemin
La houlette tantôt, tantôt le fer en main ;
A la voix de l'orgueil et de la fausse gloire
Sur l'infortune il veut remporter la victoire ;
Mais, s'il a dans le cœur des vœux illimités,
De son cours ici-bas les lustres sont comptés ;
Tandis que chaque objet sur sa route épineuse
Abandonne en sa main une image trompeuse,
Et pendant qu'il s'entoure avec pleurs et regrets
Des éclatants débris de ses prospérités,
D'un diadème blanc sa tête se couronne,
Son erreur se trahit, tout espoir l'abandonne,
Et, vieillard dégoûté du passé, du présent,
Sur le bord d'une tombe il s'endort en pleurant.
    Dès lors, près du chemin, d'un lugubre cyprès,
Pour ce tertre égaré, deux rameaux enlacés,
Vous disent qu'en ce lieu le maître de la terre
Après un jour de règne est réduit en poussière !

*
* *

Malheureux condamné depuis son premier jour
Pour cesser de souffrir faut-il que, sans retour,
A son point de départ le roi de la nature
Retourne au vil néant finir son aventure ?
On l'a dit ; et pourtant il sent au fond du cœur
Un instinct, en éveil, avide de bonheur.
Chez lui ce sentiment, cette intime puissance,
Forme une volonté, qui par l'intelligence
Dans son cœur ulcéré s'efforce chaque jour

De maintenir encor le feu d'un pur amour :
« Puisque dans l'univers tout m'intrigue, me lasse,
» Que le vague séduit, que le vrai m'embarrasse,
» Faut-il cacher à tous ces secrètes douleurs,
» Etouffer mes soupirs et dévorer mes pleurs ?
» Souffrir ! c'est le destin ; mais souffrir solitaire,
» N'apparaître qu'un jour et rentrer en poussière ;
» Sans que de mon passage il ne reste ici-bas
» Sur un sable mouvant la trace de mes pas !...
» Ah ! si quelqu'un, du moins, voyait couler mes larmes,
» Et, pour gagner mon cœur, partageait mes alarmes ;
» Si du sein d'un mortel, attendri de pitié,
» J'emportais en passant le fruit de l'amitié !...
» O divine Amitié ! de tes ardentes flammes
» Que n'embrases-tu point et les cœurs et les âmes ?
» Dans ton sein palpitant, asile fortuné,
» On pourrait retrouver le bonheur égaré. »
    Ainsi dit le mortel les yeux fondant en larmes ;
Il cherchait le plaisir ; et, le trouvant sans charmes,
Au milieu de sa course il arrête ses pas,
Laisse passer le flot....... Ne se trompait-il pas.
Lui qui, désespéré, dans une plainte amère
Accusait le destin d'un arrêt trop sévère ;
Car il voit maintenant tel cueillir une fleur
Qui, cachée en son sein, engendre la douleur ;
Et tel, qui brandissait le flambeau de la guerre,
A son char triomphal rivait toute la terre,
Entraînait sur ses pas de féroces guerriers,
Arrachait à la mort du sang et des lauriers,
Pour son dernier exploit, les ruines fumantes

Des palais dévastés, des cités opulentes.
De durables fureurs n'assouvissant la faim,
Mourir, pleurant de rage et séché de chagrin!
Il souffre. Cependant pourquoi ces pleurs, ces plaintes,
Si le commun destin, en d'affreux labyrintes,
Par l'appât du plaisir conduit tous les mortels,
Où, de la pâle mort se dressent les autels?
Pourquoi, paisible agneau, mené par la Furie,
Ne peut-il sans regret renoncer à la vie?

* * *

De tous les animaux qu'éclaire le soleil
L'homme a seul en horreur un repos sans réveil,
Et pourquoi?... S'il savait qu'il est seul sur la terre
Ne pouvant se borner à pétrir la matière,
Pourrait-il un instant garder ce doute affreux,
Qui trouble ses loisirs, et le rend malheureux?
Car, s'il était réduit, à l'instar de la bête,
A ne perdre jamais qu'une orgueilleuse tête,
Ainsi qu'elle il pourrait dévorer son pareil,
Se coucher sans remords et goûter le sommeil.
Le vide de vertu c'est l'extrême malice,
En avant le devoir, en arrière le vice;
Sur son triste chemin l'homme se guide au jour
Ou l'esprit plein d'orgueil, ou le cœur plein d'amour.
Or, malgré sa bonté, malgré son insolence,
Pourquoi donc son bonheur n'est-il qu'une apparence,
Assez semblable aux fleurs, dont on voudrait jouir;
Mais, qu'on voit dans sa main se faner et périr?
C'est que l'homme abusé prend pour sa destinée

Les frivoles objets dont sa route est semée.
Dans l'au-delà veut-il chercher le vrai bonheur,
Tel qu'un phare brillant, dont l'extrême lueur
Eclaire les écueils de la mer orageuse?
Hélas! cette lueur lui paraît si douteuse,
Qu'une plante ou qu'un fruit attire ses regards;
Et le bien immortel demeure en ses brouillards!...

*
* *

D'un être inanimé la muette nature
Peut charmer en passant. Est-ce qu'elle procure
Cette félicité, cet heur intime et doux,
Que d'impatients désirs entretiennent en nous!
A l'estime d'autrui tout homme ose prétendre;
Il veut jouir, aimer, dans les cœurs se répandre;
Mais, s'il se plaît ainsi dans des liens d'amour,
Il importe pour lui qu'on l'aime de retour.
Les esprits libertins nous prouvent leur faiblesse
Par d'étranges discours, qu'ils démentent sans cesse :
« Manger, boire, dormir chez l'animal pensant
» Engendrent, disent-ils, un vrai contentement! »
Cela plaît, on le croit; et, pour se satisfaire,
Epicure gavé, voit Dieu dans la matière :
Qui l'a vu, tout bourré, dormir en digérant,
S'est dit, bien que tout bas, que l'âne était content!
Sait-on si le fauteur de telle théorie
Arrivé vers la fin d'une éphémère vie,
Sans espoir pour le ciel, ni crainte pour l'enfer,
Porte un cœur sans regret dans un tombeau désert?

**

Il faut, me semble-t-il, si l'on veut bien connaître
La nature ou la fin, essentielle à tout être,
Observer les instincts, noter les facultés,
Qui sont, de cette fin, tous les moyens innés.
Or, de tant d'animaux, qui s'agitent au monde;
Qu'ils habitent en terre, ou l'empire de l'onde;
Qu'ils ruminent ici la verdure des prés,
Ou mugissent au loin dans les sombres forêts,
Il en est un, du moins, dont la force intrépide
Commande en souverain à la faune timide.
Je parle du lion, de ce terrible roi,
Dont les rugissements sèment partout l'effroi.
On le voit au désert exercer son empire;
Pour régner, sa vigueur lui dut toujours suffire :
Le tigre à son aspect perd sa férocité,
Le cheval son ardeur, l'éléphant sa fierté.
Chez lui d'où viendrait donc une mâle assurance,
S'il n'avait pas appris d'une longue expérience,
Qu'il éclipse en valeur le plus fort animal,
Qu'au milieu de l'arène il reste sans rival?
Il serait moins ardent, si, cent fois mesurées,
Ses forces constamment ne restaient indomptées;
Mais, vainqueur assuré dans tout combat sanglant,
Il commande en despote à son peuple tremblant.
Matière irréfléchie, il agit en matière,
Se heurte, se défend, triomphe ou roule à terre;
Jamais on ne verra un lion sage et vieux,
Instruit par le passé, s'adresser à des dieux,

Afin d'en obtenir les conseils, la lumière
Utile au conquérant pour gouverner la terre ;
Et puis, par mille voix, inviter ses sujets
A venir pour leur bien se former en congrès.
Jamais dans le cerveau d'une Brutale Altesse
N'a pu s'acclimater cette rare sagesse !
C'est donc que ses destins sont bornés ici-bas
A courir du gibier au moment du repas.

* * *

Que dire du mortel, l'unique créature,
Qui s'impose au lion par sa noble nature ;
De l'homme ?... Qu'en lui seul, ce qui frappe d'abord,
C'est l'instinct qui gémit d'un dur et triste sort ;
Tandis qu'il apparaît, au ciel de sa pensée,
D'un immense bonheur l'image vénérée.
Il regarde et soupire, en lui tendant les bras
Il aigrit ses désirs et ne les comble pas !
Et cependant son cœur, durant toute la vie,
Ne cherche qu'à saisir l'objet de son envie.
Il semble, néanmoins, convenir au moyen
D'être libre du mal et conforme à sa fin :
Sortira-t-il jamais une eau saine, épurée,
Des flots noirs et fangeux d'une source troublée ?
Or, la félicité, précieux don du ciel,
Est-elle un composé de venin et de fiel,
Pour que l'homme, toujours, à la chercher s'obstine
Dans le sentier du mal, du sang, de la ruine ?
Désirons le bonheur ! mais, pourquoi l'acquérir,
S'il faut que le remords le condamne à périr ?

O ciel! Ah! dis-nous donc ce qu'est cet anathème,
Qui pèse ainsi sur tous et m'accable moi-même?
Quant au bien, si je veux, et n'accomplis jamais;
Si j'abhorre le mal et toujours le commets,
Il y a donc en moi deux natures, deux mondes
Divisés sans merci par des haines profondes :
C'est le mal, c'est le bien, deux mortels ennemis,
Qui pour mieux tourmenter en nous se sont unis,
Pourtant cette nature, aride et pervertie,
Tous, nous l'avons reçue aux sources de la vie!
Ce fardeau de la chair m'a donc était transmis;
Et, si je veux trouver pourquoi, moi, j'en patis,
Il convient, que du fils remontant à son père,
Au principe du temps je sonde le mystère...

*
* *

Un jour des profondeurs du vide, du néant
Surgirent tout d'un coup et l'espace, et le temps;
De l'éternelle nuit les ombres condensées
Devant des corps nouveaux reculent effrayées.
Car, la voix du Seigneur ébranlait l'infini;
Il disait; aussitôt la lumière se fit;
Et, sans rompre pourtant un éternel repos,
Il façonna les cieux, il divisa les flots;
A l'Océan donna le sable pour barrière;
Et, quand il y eut ainsi protégé toute terre :
« Voilà donc, se dit-il, d'un éternel dessein
» Les éléments produits, disposés par ma main.
» Je contemple mon œuvre et je la trouve bonne;
» Mais, pour la terminer, il faut bien que je donne

» La verdure à ces champs et l'arbre à ces vallons.
» Que les fleurs, que les fruits et cent productions,
» En servant tour à tour d'ornement, de richesse,
» Se lèvent pour mûrir et s'engendrer sans cesse. »
De son sein fécondé la terre au même instant
Tire l'herbe, et la fleur, et l'arbre verdoyant.
Lors, les cieux étonnés admirent la nature,
Ses charmes grandissants sous sa verte parure;
Tandis que du néant, à des ordres nouveaux,
Sortent le firmament, et puis les animaux.
Le ciel n'était donc plus dépourvu de lumière;
La verdure et la vie embellissaient la terre,
Et le limon, les flots, confondus, mélangés,
Par le jeu du hasard n'étaient point séparés.
Mais tant d'êtres divers qui venaient de paraître
Ne pourraient vivre ainsi pêle-mêle, sans maître.
   C'était le dernier jour de la Création,
Dieu, terminant son œuvre, avait pris du limon,
Car : « Je veux, se dit-il, pour régner sur la terre
» De mon souffle divin animer la poussière.
» Le monde tout entier et tout le firmament,
» A mon premier appel, sont sortis du néant;
» Et, tout ce que j'ai mû dans le vaste empirée,
» Dans les airs et les flots, remplit sa destinée;
» Mais, ces êtres muets, sans âme ni raison,
» Sont à peine un reflet de ma perfection :
» Leur beauté, leur grandeur et leur magnificence
» Sur le chemin du temps prouveront ma puissance;
» Qu'un être, maintenant tiré de ce limon,
» Connaisse ma bonté, célèbre mon saint nom;

» Qu'il reçoive un esprit et le monde en partage
» Cet homme que je veux former à mon image. »
   L'Eternel avait dit; et, planant dans les airs,
Il fit du vil limon un roi pour l'univers !

* * *

   Quoi qu'on dise ou qu'on fasse, à toi donc, voix divine,
Remonte des mortels la première origine.
Voici la créature et voilà son Auteur;
Et je demande enfin, si c'est pour son malheur,
Que cet être nouveau, sortant de la poussière,
Avec un sceptre vain apparut sur la terre;
Comme en nous, dans Adam, le désir pour le bien,
Malgré mille douleurs, n'enfantera-t-il rien;
Et verrons-nous le cœur, qui s'affaisse ou décline
Sous l'aiguillon du mal pressé vers sa ruine?
Je le sais, justes cieux, on dit de toutes parts,
Que l'homme, au mal enclin, naquit sous vos regards;
Et que l'âme, étant faite incapable et souillée,
Remplit en gémissant sa triste destinée :
Ne peut-elle dès lors aller en s'amusant
S'étourdir en chemin pour rentrer au néant?
O mon Dieu, pardonnez à ma lèvre tremblante,
Si, livrant de mon cœur la plainte déchirante,
Tristement contractée, elle jette aux échos
Le murmure d'un doute à travers mes sanglots !
L'homme tient de vous seul sa fin, son existence,
Le désir du bonheur ainsi que l'espérance;
Et je l'entends vers vous, dans son aveuglement,
Lancer d'un vil ingrat le mépris outrageant !

Quelle triste fureur le transporte, l'enivre !
Votre main l'a créé pour qu'heureux il pût vivre ;
Mais lui tend à périr en voulant s'élever.
Au souffle de l'orgueil, qui venait l'aveugler.
Il viola la loi qui lui fut imposée ;
Et le traître, en un jour, changea sa destinée.
Adieu durable joie et l'immortalité !
Adieu de l'Eternel la divine amitié !
Tout est mort ou périt : beau, vrai, droit et justice,
Car l'homme par sa chute est tombé dans le vice ;
L'abîme est sous ses pas ; y roulant chaque jour,
Ira-t-il se fixer au bas-fond sans retour ?
Si l'on veut le bonheur, il importe que l'âme
Pour rien de dégradant ne s'emporte ou s'enflamme ;
Et, par le repentir, avec le Rédempteur
Renonce d'ici-bas au mirage trompeur.
Le ciel est notre fin ; si le présent nous quitte,
C'est que l'éternité nous arrive à sa suite.
J'y crois ; mais, Dieu du ciel, en dépit de ma foi,
J'ai senti dans mon cœur ou le doute, ou l'effroi ;
Mon esprit s'est troublé, quand, se voyant maudire,
Les cieux à des ingrats n'ont cessé de sourire ;
Le tonnerre s'est tu quand les blasphémateurs
Des justes opprimés ont fait couler les pleurs !
Ma supplique, ô mon Dieu, ne peut être indiscrète :
Eclairez mes esprits, et, l'âme satisfaite,
En d'autres chants plus doux, je veux trouver encor
Pour louer votre nom ma lyre et son accord.

1er Novembre, 1881.

LE JEUNE POÈTE ET LES NOCES D'OR

D'un beau jour de printemps la belle matinée
Me trouva tout pensif, errant sous la feuillée
Des superbes tilleuls de notre humble hameau.
Je recherchais en vain quelque plaisir nouveau ;
Rien ne charmait mes yeux, ni le tendre feuillage
Offrant au voyageur un bienfaisant ombrage,
Ni, sur l'épais gazon, les larmes du matin,
Ni, de l'oiseau chanteur, le suave refrain.
Pour la première fois, je restais insensible
A l'aspect d'une fleur jadis irrésistible ;
Je ne sais quoi de sombre occupait mon esprit.
Etait-ce un cauchemar, un rêve de la nuit ?
Je l'ignore, et pourtant mon âme désolée
De ses heureux destins me semblait dégoûtée !
« Rien ne fixe ici-bas le cœur toujours flottant !
» Après le ris folâtre, un remords débordant !
» Hélas ! pensai-je alors, ô Mort, coupe la trame
» Qui, dans un corps pesant, tient captive mon âme !»
Et mon cœur se serrait, et mes regards troublés
S'abaissaient tristement par des larmes voilés :
« Que je sens, justes cieux ! sur le seuil de la vie,
» Les chagrins, les soucis et la mélancolie ! »
Je pleurai, quand soudain, sortant d'un long repos,
Une cloche argentine éveilla les échos.

Elle semblait me dire: « O folâtre jeunesse!
Age heureux, mais pétri de force et de faiblesse;
Sans guide ni conseil, tu cours vers l'avenir;
Tu cueilles une fleur en poussant un soupir;
Tu brigues les honneurs, poursuis la jouissance;
Mais par de vains excès tu fais fuir l'espérance.
Et, las de ces plaisirs entremêlés de fiel,
Tu reçois avant l'heure un coup triste et mortel.
Toi qui, tout jeune encore au sommet du Parnasse
Par des soins incessants vis ennoblir ta race,
Pourras-tu contrister ta fidèle Clio,
Et pour ta Terpsichore éviter Erato?
Ah! lève tes regards, considère la plaine,
Célèbre cette fois une touchante scène! »
A ce même moment des cris et des clameurs
Secouèrent soudain mes esprits trop rêveurs.
Je regarde; aussitôt une foule empressée
S'offre d'abord confuse à ma vue étonnée.
Elle attendait... Bientôt, je la vis s'entr'ouvrir;
Un cortège arrivait... lors, même le zéphyr
Demeurait en suspens, tout est calme, tranquille :
Par ce profond silence un père de famille
Avance accompagné de ses petits-neveux.
Si quatre-vingts hivers ont blanchi ses cheveux,
Ils ont ceint son beau chef du brillant diadème
Qu'il conquit sur le temps par sa vieillesse extrême.
La tenant par la main, il ramène aux autels,
Où dix lustres passés, cher entre les mortels,
Il a reçu d'abord sa douce et tendre amie.
Mais alors sa compagne, au printemps de la vie,

Brillait d'un doux éclat. Jamais la fière Argos,
Chypre aux jeûnes beautés, ni l'illustre Delos,
N'ont vu dans leurs bosquets de femme plus parfaite;
Sa chevelure d'or, flottante sur la tête,
Arrêtait les zéphyrs dans ses flots onduleux,
La flamme de l'hymen illuminait ses yeux;
Tandis que sur son teint l'incarnat de la rose
Se mariait au lis : ci l'amour se repose!
Mais pour l'œil pénétrant en ces heureux sujets
Se rencontraient des dons plus précieux, plus discrets :
La douceur, la bonté, l'amour et la sagesse,
L'aimable pureté, la force sans faiblesse
Régnaient en souverains dans ces cœurs bienheureux,
Deux astres dérobés à la voûte des cieux!
Fiancés autrefois, ils vivaient d'espérance!
Quels plaisirs, quels projets, et quelle confiance!
Leurs esprits devançant un heur pur et nouveau,
S'arrêtaient enchantés sur le bord d'un berceau.
Un petit chérubin, premier fruit d'Hyménée,
Y sommeille innocent; déjà sa destinée
Se trace par leurs vœux dans un bel avenir :
Ils ne voient sur ses pas que lauriers à cueillir;
La gloire, les honneurs seront son apanage,
Soit que Mars se repose ou qu'il vole au carnage;
Mais enfin, dégoûté de belliqueux plaisirs,
Averti par les ans, cherchant quelques loisirs,
Il revoit son pays, son hameau, son vieux père,
Coule encor d'heureux jours près de sa tendre mère...
. . . .
Ainsi lui rêvaient-ils une félicité!

Le rêve d'autrefois devint réalité!
Et maintenant chargés de mérites, d'années,
Après avoir rempli leurs douces destinées
Ils s'en vont tout joyeux, de leur pas ferme encor
Resserrer à l'autel les liens d'un âge d'or.
Je vis tout en silence. A mon âme ravie,
J'entends dire: « O mon fils, au début de la vie
Ne t'abandonne point aux folâtres loisirs :
Ils flatteront les sens sans combler tes désirs.
Ah! songe à tes destins, nous n'avons en ce monde
Qu'une vie éphémère, en maux toujours féconde,
Vouloir se le cacher, c'est perdre son chemin,
Des tristes réprouvés se préparer la fin.
Elève ton esprit, pense au ciel, ta patrie,
La foi te la fait voir et ton Dieu t'y convie.
La terre est ton exil, souviens-toi donc, mortel,
Que le pleur d'ici-bas enfante joie au ciel;
De ces sages vieillards imite la prudence,
Passe en faisant le bien, vis toujours d'espérance,
Et Dieu te bénissant sur le chemin des cieux
Tu verras les enfants de tes derniers neveux!

Septembre 1880,

TABLE DES MATIÈRES.

LA FERRIADE

Article 7 : Évolution Fantastique

QUI VIT SANS PLAISIR MEURT SANS REGRET !

A UN POÈTE GRINCHEUX

ESSAI PHILOSOPHIQUE

LE JEUNE POÈTE ET LES NOCES D'OR

Absence de pagination
ou de foliotation

AVIS A NOS LECTEURS

Dans les diverses collections A. SAVAÈTE, ci-après, que nous complétons chaque jour et pour la composition desquelles nous faisons appel à tous les concours compétents, chacun prendra ce qui lui convient le mieux. Il s'y trouve force devis de fonds et des œuvres de circonstances, des tracts et des brochures de propagande.

Nous demandons qu'on veuille bien, dans la mesure de vos moyens, nous aider à faire le bien moral et social qui est le but de nos efforts et la fin de nos sacrifices incessants.

Collection Arthur Savaète à 2 francs

Les Apologistes Espagnols du XIXᵉ siècle : Donoso Cortès, par le P At. In-8° carré.

Histoire du Droit Canon en France, par le R. P. At, in-8°.

Le Centenaire de Mgr Dupanloup, par Mgr Justin Fèvre.

Le cas de M. Henri Lasserre, Lourdes et Rome, par l'abbé Paulin Moniquet.

Pie X, *Pontife et Souverain, avec portrait*, par Mgr Justin Fèvre.

La Puissance divine du sacerdoce catholique, par Mgr Justin Fèvre.

Lettres de Y. à Z. (1ʳᵉ série), Dupanloup et son historien, par Y., docteur en théologie et droit canonique.

Lettres de Y. à Z. (2ᵉ série), la Justice de l'Histoire. Grégoire VII et Bossuet *du même.*

Lettres de Y. à Z. (3ᵉ série), réponse à M. Ingolt, Bossuet et le Jansénisme, *du même.*

Lettres de Y. à Z. : L'affadissement du sel. Catholicisme et libéralisme, 4ᵉ série.

Les Espagnols d'autrefois, par dom Rabory.

Parmi les nôtres, roman, par Dange. In-8° br.

Lamennais et Victor Hugo, In 8°, par Christian Maréchal.

La Fille du Sonneur, par Eliane de Kernac.

Un Complot libéral contre la Sainte Eglise. Réponse à la supplique des vingt-quatre cardinaux laïques à l'épiscopat français, par Mgr Justin Fèvre. In-8° carré.

Etudes sur la Révocation de l'Edit de Nantes : Poètes Cévenols, par l'abbé Rouquette. (Voir le complément dans les coll. à 3 fr. 50 et 7 fr. 50).

Histoire de Monseigneur Parisis, évêque de Langres, par Mgr Justin Fèvre.

Etude sur Joseph de Maistre, par E. F. et Arthur Savaète.

Le Sens littéral du texte biblique et les Sciences profanes : Pluralité des Mondes ; les Six jours de la Création ; Job et son livre, in-8 carré, par l'abbé Chauvel.

Voix Canadiennes : Vers l'Abîme, documents inédits de Mgr Bourget, Mgr Laflèche, etc., par Arthur Savaète. In-8°. Voir tomes II et III la Coll. à 5 fr.

Causeries Franco-Canadiennes : Wilfrid Laurier ; les Biens des Jésuites ; le Tri-Centenaire ; l'Avenir du Canada, par Arthur Savaète.

Le Moine Bénédictin, par Dom Besse

Napoléon 1ᵉʳ à l'Ecole royale de Brienne, avec 2 gravures. In-18 broché, par M. A. Assier.

Liber Psalmorum hebraicæ veritati restitutus, par le P. François de Bénéjac

L'Emile Zola ‹ de Paris ›, par Merlier.

Colonel comte de Villebois-Mareuil, l'héroïsme français au Transvaal, par Simon, marquis de Beau-Carré.

Le Trio, juifs protestants et francs-maçons, par Jules Aper.

Catalogues épiscopaux, réponse à l'abbé Duchesne, sur l'origine des diocèses dans les Gaules, par l'abbé Trouet.

Actes de Saint-Denis de Paris, par le chanoine Davin.

Anne d'Orléans, première reine de Sardaigne, par la comtesse de Favergés.

Au pays de Sainte Germaine, étude d'hagiographie et d'art, par Henri Lambercy.

Les idées d'un vieux Goupillon, ou le pourquoi de la guerre atroce que la Toge et le Bistouri font au Sabre ou au Goupillon, essai politique. In-8° br.

Les Etapes d'un poète (poésies), par M. Gérard de Lacmer. In-12 br.

Le médecin et les médicaments chez soi, par le Dr Trosseille, in-12 (recommandé)

La femme et la mère. Soins à donner à l'une et à l'autre, *du même*. mour entre deux cercueils, par Rick, in-12.

Autorité et la Liberté (l'), par Mgr Landriot, in-12.

Beaux-Arts (chapitre des) de Voltaire, par Théodore Joran, in-12.

Carême (le), préparation aux Sac. de la Pénitence et de l'Eucharistie, par Maitrier, in-12.

Carnavals et Semaines Saintes, par Victor Forot, in-8°.

Casier ecclésiastique de l'abbé Fèvre, recours au Saint-Siège, par Mgr Justin Fèvre, in-8°.

Conciles œcuméniques et infaillibilité du Pontife romain, par Mgr Manning, in-8°.

Couleuvres (les), par Louis Veuillot, in-12.

Défense (la) de l'Église de France sous Léon XIII, lettre à Mgr Ferrata, par Mgr Justin Fèvre, in-8°.

Deux Nouvelles : Joueur d'orgue et odyssée d'un bossu, par Auguste Snieders, in-12,

Devoir des Catholiques (le) en France pendant la Persécution, par Mgr J. Fèvre, vol. in-8°.

Une didiscale de N. S. Jésus-Christ, par l'abbé Nau, de l'Institut Catholique de Paris, in-8°.

Droit d'aimer (le), comédie en trois actes et en prose, par G. Routier, in-12.

Enfance (L') sur l'égide de sa Mère chrétienne, par Mme de Pontbrune, in-8°.

Histoire du R. P. Contenson, par Bezaudun, in-8°.

Idées de M. Alexandre Dumas fils (les) à propos du divorce, par l'abbé Moniquet, in-12.

Illusion libérale (l'), par Louis Veuillot, in-8°.

Inconnu célèbre (un), Raymond de Sébonda, par Reulet, in-12

Infaillibilité du Pape (l'), par Muzarelli, vol. in-12.

Isidora ou la Sœur hospitalière, par Aug. Snieders, in-8°.

Jeanne Chézard de Matel, par Ernest Hello, in-12.

Jésuites (les) et la liberté religieuse sous la restauration, par Antonin Lirac in-18.

Joyeuse histoire de Ph. de Marnix, serviteur de Sainte-Aldegonde et de ses amis, par Thijm Abberdinck, in-8°.

Judaïsme et Christianisme, par Javal, in-12.

Lieux Saints, par Philpin de Rivière, in-12.

Ligue de l'enseignement, par Maussac, in-12 (relié, 3 fr. 50).

Martyre (une), par l'abbé Buis, in-8°.

Maître-autel de Naves et son retable, par Victor Forot, in-12

Mémoires (les) de Finette, par Hameau, in-12 illustré

Nonce du Pape à la Cour de Catherine II (un), par le R. P. Gagarin in-12.

Notice sur le livre des Trésors de Jacques Bartela, évêque de Tagrit, par l'abbé Nau, de l'Institut Catholique, in-8°.

Propriété (de la) des biens ecclésiastiques, par Mgr Justin Fèvre, in-8°.

Récit d'Henri, par de Croisy, in-12.

Résistance à la Persécution (la), lettre à l'épiscopat, par Mgr Justin Fèvre, in-8°.

Restauration du Droit Pontifical en France (de la), par Mgr J. Fèvre, in-8°.

Séparation (la) de l'Église et de l'État, par Mgr Justin Fèvre, in-8°.

Soleil (le) et le Firmament tournent, mais la terre ne tourne pas, par X., in-8°.

Le Mascarel, (complément du Soleil et le Firmament tournent, etc.) prix, o fr. 50.

Vrais Gascons causant avec leur curé sur le denier de Saint-Pierre, par Poussou, in-12.

Trois Nouvelles, par le P. Franco, traduites par de Belleuye, in-18.

Vie du Père Canisius, par le P. Séguin, in-12.

Vie du bon Père Fournet, fondateur des Sœurs de Saint-André, par le P. Rigault, in-12.

Vie populaire de Pie IX, par le P. Limbourg, in-12.

Visions d'Or (les) par Madame de Chandeneux, in-12.

Collection Arthur Savaète à 2 fr. 50

Séjour des jeunes Français et Françaises à l'étranger, par l'abbé Mocquillon. In-12.

Les Liens intimes entre le Paradis Terrestre et le Calvaire : Fruit défendu et l'arbre de vie, par l'abbé Chauvel.

Grande Escroquerie (la), vol légal des Congrégations, par Jos. Lamarque.

Le Concile du Vatican, par Mgr Guérin.

Le Salut National, par Henri Marchand.

Jérusalem, cinq ans après, une fuite en Egypte, par Mme Bazélaïre.

Faut-il fermer Lourdes, au nom de l'Hygiène, réponse de 4.500 médecins : Non, par le Dr Vincent.

Année de la Peur (L') par Victor Forot.

Catholiques (Les) dans le monde, par l'abbé Bosco, vol. in-12.

Culte des morts (Le) par Victor Forot, in-12

Domaine (Un) royal en Bas Limousin, par Victor Forot, in-8°.

Espagne en 1897 (L'), avec 7 portraits, par Gaston Routier, in-12.

Histoire de Notre-Dame du Buisson, par l'abbé Gambier, in-12.

Monadologie avec notice sur la vie, les œuvres et la philosophie de Leibnitz, par Segond, in-12.

Mystère de la Rédemption (Le) par Louis de Grenade, in-12.

Les Plérophories de Jean de Maïouma, par l'abbé Nau, de l'Institut cath. de Paris.

Préjugés et Vérités, les illusions des gens du monde sur les vérités religieuses, par l'abbé Nau, in-12.

Question sociale (La) par Gaston Routier, in-12.

Rêveries et réalités, lectures morales et littéraires, par Me Hervé Velasco, in-12.

Révolution (La) et la Liberté, par le R. P. Constant, in-12.

Royal Navarre, par Victor Forot, in-12.

Thermidor, par Victor Forot, in-8°.

Vie de Paul Tardivel, le Veuillot canadien, par Mgr Justin Fèvre, in-8°.
Vie de N. S. Jésus-Christ, par Louis de Grenade, in-12.

Collection Arthur Savaète à 8 francs

Nazareth ou les *Lois chrétiennes de la Famille*. Conférences prêchées par le R. P. Constant, des Frères Prêcheurs.

Le Père Aubry et la réforme des Etudes ecclésiastiques par Mgr Justin Fèvre.

Les Leçons de l'Histoire contemporaine, par Arthur Savaète, in-8°.

Le Socialisme, ce qu'il est, par l'abbé Patoux. In-8° carré.

L'abbé du Chayla ou le Clergé des Cévennes (1700 à 1702). La vérité ѕ― la guerre des Camisards, origine, faits et conséquences, documents inédit l'abbé Rouquette. In-8 carré. (Voir complément coll. à 2 fr. et 7 fr. 50.)

Le vrai Féminisme, le vrai rôle de la Femme dans la Société, par l'abbé Rouquette, in-8°.

Études de l'Histoire juive, avant Jésus-Christ, par l'abbé Barret, in-8°.

Études de l'Histoire juive : le Messie, *du même*.

Conférences religieuses, par le R. P. Constant, tome III. (Voir tomes I, II, IV et V dans les collections à 5 fr. et 3 fr. 50).

Le Mariage de Paul Larivière, par Gontran de Mérigny, in-8 carré.

Historiettes et petits Riens, par l'abbé Baulez.

Le Roman de l'Espagne héroïque, par Gaston Routier.

Désolation dans le Sanctuaire (La), par Mgr Justin Fèvre.

Abomination dans le Saint Lieu (L') par Mgr Justin Fèvre.

Carnet d'un officier, Œuvre posthume, considérations philosophiques du commandant Léon Guez, chef d'état-major, par dom Rabory.

Zuléma, roman héroïque, par Arthur Savaète.

Légendes Hagiographiques (les), par le P. Delehaye, bollandiste. 2e édit.

Le Bossuet de la prédication contemporaine, par l'abbé Regourd. In-8° br.

Les Pensées de l'éternelle Vie, par Mme Nottat.

Année Sainte (L'), prr Mgr Bailly, in-12.

Au delà des monts, voyage en Espagne, par G. Van Calven, vol. in-12.

Augustin Thierry : son système hist. et ses erreurs, vol. in-12, 3 francs.

Budget (Le) des Presbytères, par Mgr Justin Fèvre, vol. in-8°.

Causes et remèdes de nos désastres et de nos malheurs (guerre de 1870), vol. in-12 br.

Clergé russe (Le), par le R. P. Gagarin, in-12.

Coton (Le) : son histoire, habitat, emploi et importance chez tous les peuples, in-12.

Darwinisme (Le) et l'Origine de l'Homme, par Le Comte, in-12.

Dernier des Trémolins (Le), par Edouard Drumont, vol. in-12.

Deux questions sur le Concordat, par Maurice de Bonald, in-8° carré.

Maxime Dufournel et la rose du Japon, par Gabrielle d'Arvor, in-12.

Encyclique de Léon XIII sur le mariage et le droit domestique chrétien, par le Chanoine Van Weddingen, in-8°.

Esclaves, serfs et mainmortables, par Allard, in-12, 3 fr. ; le même, in-8°, 3 fr. 50.

Études sur les Actes de Calixte II, par Robert, in-8°.

Études historiques, par Van der Haeghem, vol. in-12.

Fable de la papesse Jeanne (La), traduit de l'italien, par Auguste Roussel, in-12.

Fêtes nationales, par Victor Forot.

Grains de sagesse, par le R. P. Champeau, in-12.

Guide de l'Action Religieuse, in-12.

Héritier (L') de Montveil, par Gerrier de Haupt, in-12.

Histoire d'une Fermière, par Mme Bourdon, in-12.

Lettres choisies de Jacques d'Édesse, par l'abbé Nau, de l'Institut cath. de Paris, in-8°.

Massillon, par l'abbé Blampignon, vol. in-12.

Menaces et promesses de N.-Dame de la Salette, par Delbreil, in-12.

Metz, épisode de la guerre de 1870, par le Commandant Thomas, in-12, 3 fr.

Mexique (Le), par Gaston Routier, in-8°.

Mon Portefeuille et souvenirs de noviciat de Bosco, par Auguste d'Arres, in-12

Nouveaux éclaircissements sur l'Assemblée de 1682, par le P. Lauras in-18.

Nouvelle Ève (La), poésies religieuses, par J.-E. Boquet, in-12.

Opuscules maronites, par l'abbé Nau, de l'Institut cath. de Paris, in-8°, 1re partie 3 fr. et 2e partie 3 fr. 50.

Paternité, par le P. Matignon. 4 vol. in-12, 12 fr.

Persécution endurée pendant la Révolution par les religieuses-hosp. de St-Joseph de Beaufort, par Dom Piolin, in-8°, 3 fr.

Providence divine (de la) par Mgr Lacarière, in-8°.

Questions controversées de l'Histoire en 4 vol. par X., 4 vol. in-12, 12 fr.

    »   »   »   »   id.   id. 4 vol. in-8°, 14 fr.

Question de Galilée (La), par L'Épinois, in-12.

Regards en arrière. Récits et souvenirs, par Léon Aubineau, in-12.

Satan contre Christophe Colomb, par Roselly de Lorgues, in-8°.

Savants illustres (Les) par Valson, 2 vol. in-12, 6 fr.

Seigneurie (Une) du Bas-Limousin, par Victor Forot, in-12.

Symbolisme (Le) par Mgr Landriot, in-12.

Symbolisme (Le) de la nature, par La Bouillerie, 3 fr. 50.

Trente jours à la campagne, ou le salut par la nature, par l'abbé Casablanca, in-12.

Les vendredis de Pierre Bernard, par Pierre Noël, in-12.

Vie (La) en plein air, lectures et récits champêtres, par M. Vattier, in-12.

Apologistes français au XIXe siècle, par le P. At, vol. in-8° 3 francs.

Collection Arthur Savaète à 3 fr. 50

Vie de Henri Lasserre, historien de N.-D. de Lourdes, par E. Laubarède, vol. in-12.

Euryale et Aglaé, des Persécuteurs aux Apostats, par l'abbé Patoux, in-8°.

Au Cœur du Féminisme, par Théodore Joran. Dédicace à Émile Faguet ; Préface de Frédéric Masson, de l'Académie française. Volume in-8°.

Autour du Féminisme, par Théodore Joran ; 2e édition, in-12.

Le Mensonge du Féminisme, par Th. Joran. In-12, couronné par l'Académie.

La Trouée feministe, par Th. Joran, préface de G. Aubray, in-8° carré.

Autour d'une brochure : Le prétendu mariage de Bossuet. 7 lettres ouvertes à M. Arthur Savaète, directeur de la Revue du Monde Catholique, par Z., docteur ès lettres, suivi d'une étude sur le même sujet de Mgr Justin Fèvre.

Notre-Dame de Chartres, histoire et description de la cathédrale, par Alexandre Assier.

Charles Périn, le créateur de l'économie politique chrétienne, par Mgr Fèvre.

L'Histoire du droit canon gallican : 1° L'Organisation nationale du clergé de France ; 2° les remontrances du clergé de France ; 3° curiosités liturgiques ; par le R. P. At.

M. Emile Ollivier, sa vie, ses œuvres, son action politique, par Mgr J. Fèvre.

Jésus-Christ, prototype de l'humanité. In-8° broché, par Mgr Fèvre.

La Chine supérieure à la France, par Tong Ouên Hién, mandarin chinois.

Conférences religieuses, par le R. P. Constant, tome II. (Voir tomes I, III et IV et V dans les collections à 5 et 3 francs).

Rome au XX° siècle, par M. Denis Guibert. Vol. in-12.

Le Cœur de Gambetta, par Francis Laur, documents inédits. In-12 carré.

Les Églises orientales, par Mgr Tilloy.

Le Juif sectaire, par l'abbé Vial.

Dix-huit années de Scolasticat et de Régence, en diverses maisons de la Cie de Jésus, par Jules Romette.

Légendes de Mort et d'Amour, par Gaston Routier, in-12.

L'Art d'être heureux, par Victor Vidal.

Origines de Notre-Dame de Lourdes (Les), par l'abbé Paulin Moniquet.

Roman d'un Jésuite (le), par Beugny d'Haguerue.

La Dame Blanche du Val d'Halid, par Arthur Savaète.

La Main noire, suite du précédent, par Arthur Savaète.

Styles et Caractères, par G. Legrand.

Grandeur et décadence des Français, par Gaston Routier.

Au jour le jour, nouvelles, par Fritz Masoin.

Le Mont Saint-Michel, « au Péril de la Mer », illustré, par E. Goethals.

Les Miracles historiques du Saint Sacrement, par le P. Eugène Couët.

Notre-Dame de Lourdes, par H. Lasserre.

Bernadette, par H. Lasserre.

Les Episodes miraculeux de Notre-Dame de Lourdes, par H. Lasserre.

Biographie du P. Jean-Baptiste Aubry, théologien, par son frère ; vol in-12

Canons (les) et les révolutions canoniques, par l'abbé Nau, de l'Institut Catholique de Paris, in-8°.

Esprit-Saint (l') par Mgr Landriot, vol. in-12.

Euphorion, fils de Faust, précédé du Faust, français, anglais et allemand, par A. Serre, in-8°.

Grande Dame dans son ménage (Une), par Ch. de Ribbe, vol. in-12.

Guerre (la) et l'homme de guerre, par Louis Veuillot, in-12.

Guillaume II à Londres et l'Union Franco-Russe, par Gaston Routier in-12.

Histoire du Mexique, par Gaston Routier, in-12.

Histoire populaire de la Révolution française, par Rastoul, in-12.

Légendes de Mort et d'Amour, par Gaston Routier, in-12.

Marquis de Tournoel (le), roman contemporain, par Gaston Routier, in-18.

Martyrs en Orient, par le Cardinal Lavigerie, in-8°.

Missions Catholiques, par Decker, in-12.

Lettres et avis spirituels, 3 fr. 50.

Point d'Histoire contemporaine, par Gaston Routier.

Traité sur l'Astrolabe Plan, par l'abbé Nau, de l'Institut Catholique d Paris, in-8°.

Collection Arthur Savaète à 4 francs

La Botanique médicale, au Presbytère et dans la Famille. Plantes hygiéniques et leur emploi dans toutes les maladies, par un curé de campagne. In-8° carré

Choses d'Allemagne, par Théodore Joran. In-12.

Quarante-cinq assemblées de la Sorbonne pour la censure du primat, et des prélats de Hongrie, qui ont condamné la Déclaration du clergé de France en 1682, par le chanoine Davin.

Grippart, histoire d'un bien de moine ; nombreuses illustrations, par le R. P. Charles Clair, de la Société de Jésus.

Un parfait catholique, Jean-Marie d'Estrade, bienfaiteur de Bagnères-de-Bigorre, par l'abbé Paulin Moniquet (franco 4 fr. 50).

Signes de la fin d'un Monde (les), avec supp^t, 3e édit., par Jean-du-Valdor.

La Liberté de conscience en face des erreurs modernes, par l'abbé A. Patoux Gros, vol. in-8° br.

L'éternelle Question, par Mme Nottat.

Catacombes de Rome les), par L'Espinois et Paul Allard, in-8°.

Cause d'Honorius (la), textes originaux, fr., gr. et latin, par Arthur Loth, in-4°.

Chant de la Marseillaise (le), son véritable auteur, fac-similé du texte original, par Arthur Loth, in-8°.

Code manuel des lois civiles ecclésiastiques, par A. Ravelet, in-18 jésus.

Comte de Cambord (le), par Dubosc de Pesquidoux, in-12 carré.

Chinois (les) chez eux, par le F. J.-P. Aubry, vol. in-8° illustré.

Droit social de l'Église (le), par l'abbé Makée, vol. in-8°.

Le même, in-12, à 3 fr. 50.

Eglise (l') de Pologne, ce qu'a fait Pie IX pour remédier à ses maux, par le R. P. Lescœur, in-8°.

Enchiridion theologicum, par Ramière, in-12.

Enchiridion de catéchiste, par l'abbé Regnault, vol. in-12.

Essai sur le gouvernement de la vie, par de Saint-Léger, vol. in-12.

Fleurettes du Bocage Vendéen, beau vol. in-8°.

Henri IV et l'Église Catholique, par l'abbé Féret, in-8°.

Lacordaire (le Père) dans l'audace et l'humilité de sa vie, par Guillemain, in-8°.

Lacordaire, par Régnier, in-12. 2 fr. 50.

Lettres de Rome, par Riancey, in-8°.

Lux Vera, par un laïc américain, in-8°.

Ordres Eucharistiques (les), par Honoré, in-8°.

Poésies sur Rome, par Lafond, in-8°.

Parhoët (le), par le Vicomte de Halgouët, in-8°.

Travers (à) l'Europe, par Hermeline, in-8°. 4 fr. 50.

Collection Arthur Savaète à 5 francs

Voix Canadiennes, vers l'Abîme, nombreux documents secrets et inédits sur les difficultés politiques et religieuses du Canada, par Arthur Savaète, 2 vol. à 5 fr. ; et 2 vol. à 2 francs.

Louise de Bourbon-Condé (La Princesse), fondatrice du monastère du Temple, par Dom Rabory, 2e éd. ill., in-8° carré.

Le Clergé Français dans le passé et depuis le Concordat de 1801, par l'abbé M. Sicard, fort vol. in-8°.

Etude critique sur Bossuet, par le chanoine Davin.

Conférences religieuses : Péchés de la langue ; Merveilles de la loi des saints ; l'Incarnation, la Lumière et divers sujets, par le P. Constant, des Frères Prêcheurs. 3 volumes à 5 francs (voir pour le compl. collections à 3 fr. et 3 fr. 50.

Les Juifs devant l'Eglise et l'Histoire, par le R. P. Constant.

Vie nouvelle du saint curé d'Ars, par Jean d'Arche.

Soirées Franco-Russes, 4e Soirée, Choses d'Orient, questions arménienne, grecque, macédonienne, par Arthur Savaète (voir 1re, 2e et 3e Soirées dans les coll. à 2 fr., 3 fr. et 3 fr. 50).

La Vénérable Jeanne d'Arc. In-8° broché, par l'abbé Malassagne.

Vie de la Bienheureuse Mère Julie Billiart (3e édition), par le P. Ch. Clair, revue et augmentée par le P. E. Griselle, S. J. In-8°.

Voyage d'un Allemand en France en 1874, par H. Hansjacob, traduit de l'allemand par M. Virot. Fort in-8°.

Joseph Reinach historien, révision de l'histoire de l'affaire Dreyfus, par Dutrait-Crozon, préface par Charles Maurras.

Chinois et Chinoiseries, illustré, par Pol Korigan.

L'Art de faire un homme (éducation rationnelle et moderne), par l'abbé Mocquillon.

Rivales amies (les), roman, par Arthur Savaète.

Voyage chez les Anciens, ou l'économie rurale dans l'antiquité, par le chanoine Beaurredon.

Rôle de la Papauté dans la Société (le), par le chanoine Fournier.

En Tyrol, Histoire et Légende (poésies) illustré, par le R. P. Ch. Clair, S. J.

Abbaye de la Ste Trinité de Mauléon, par Dom Fourier Bonnard, vol. in-8°

Manrèze du prêtre, par le P. Caussette, 2 vol. 10 fr.

Bon Sens de la Foi (Le), par le P. Caussette, 2 vol., 10 fr.

Églises (les) du monde romain, spécialement des Gaules, durant les 3 premiers siècles, par Dom Chamard, vol. in-8°.

France Pontificale (la), par H. Fisquet, distribuée par provinces ecclésiastiques, chaque vol. 5 francs.

Histoire critique du Catholicisme libéral en France, par Mgr Justin Fèvre, in-8°.

Industrie et le Commerce (l') de l'Espagne, par Gaston Routier, in-8°.

Œuvres de Mgr Bonnechose, lettres pastorales, etc., 3 vol. in-8°, 15 fr.

Poésie du Bréviaire : les hymnes, par l'abbé Albin, in-32.

Tintignac, Études sur les ruines gallo-romaines, par Victor Forot.

Vie de Léon XIII, par Bernard O'Reilly, in-12.

Vie de Léon XIII, *du même* et in-4°, 15 fr.

Collection Arthur Savaète à 6 francs

L'Allemagne, tome 1er. Les Germains et le Catholicisme, par Mgr Justin Fèvre.

L'Allemagne, tome II. Le Protestantisme et l'Empire, *du même*.

Le Pontificat de Léon XIII, tomes 43e, 44e de l'Histoire universelle de l'Église de l'abbé Darras, continuée par Mgr Justin Fèvre. 2 forts volumes, 12 francs. (Nous fournissons tous autres volumes du grand Darras au prix de 6 francs.)

Darras, le *tome V* et dernier du petit Darras, par Mgr Justin Fèvre. In-8°. 6 fr.

Estelle, poème en vers français et en vers provençaux en regard, par T. Houchart.

Le divin Voyageur, magn. illustrations.

Le Pape et la Liberté, par le P. Constant.

Notice et Souvenirs de Famille par la Comtesse de Rœderer.

Les Folies du Temps en matière de religion, par Poujoulat.

Le cardinal Gousset, sa vie, ses œuvres, son influence, par M. le chanoine Gousset, in-8° avec portrait.

Actes et Paroles de Pie IX, par Roussel, vol. in-8° relié, 7 et 8 fr.

Ananie ou guide de l'homme dans son retour à Dieu et du prêtre dans la manière de diriger ce retour, du Père Caussette In-8°.

Mélanges Oratoires du Père Caussette. In-8°.

Annam et le Cambodge (L'), par le R. P. Bouillevaux, voyages et notices hist. avec carte, in-8°.

Bretagne (La), à l'Académie Française, au XVIIIe siècle, par Kerviller. 2 vol. in-8°, 12 fr.

Captivité de Pie IX (la), par St-Albin, vol. in-8°. Relié, 8 fr.

La Méthode des Études sacrées en France, par le P. Aubry, 2e édit., 1 vol. in-8°.

Mélanges philosophiques, *du même*, 1 vol. in-8°.

Théorie catholique des Sciences, *du même*, 1 vol. in-8°.

Le Christianisme, la Foi, les Missions, *du même*, 1 vol. in-8°.

L'Église, le Pape, le Surnaturel, *du même*, 1 vol. in-8°.

Méditations sacerdotales, *du même*, 1 vol. in-8°.

Le radicalisme du sacrifice, *du même*, 2e éd., 1 vol. in-32.

Cours d'Histoire ecclésiastique, *du même*, 2 vol. in-8°, 12 fr.

Introduction à l'étude des Sciences sacrées et conseils pratiques aux étudiants, *du même*, 1 vol. in-8°.

Correspondance inédite (1861 à 1875), *du même*, tome I, 1 vol. in-8°.

Correspondance inédite (1875 à 1878), *du même*, tome II, 1 vol. in-8°.

Correspondance inédite (1878 à 1882), *du même*, tome III, 1 vol. in-8°.

Déluge mosaïque (le), par Ed. Lambert, vol. in-8°.

Histoire de Dioscore, patriarche d'Alexandrie, par l'abbé Nau, de l'Institut Catholique de Paris, in-8°.

Français en Algérie (les), par Louis Veuillot, vol. in-8°.

Histoire de la Papauté, par l'abbé Castan. 4 vol. in-8°. 24 fr.

Œuvres choisies du Vénérable Serviteur de Dieu J.-M. Baudoin, 2 vol. in-12. 6 fr.

Œuvres de saint Denis l'Aréopagite, par l'abbé Dulac, in-8°.

Orient et Occident (Récits et Nouvelles) par J. d'Avenel, 2 vol. in-12. 6 fr.

Souvenirs du Bocage vendéen (poésies), par Dom Roux, in-8°.

Voix Prophétiques, par Curicque, 2 vol. in-12.

Collection Arthur Savaète à 7 fr. 50

Les Vengeurs de la Main noire, grand roman historique illustré, par Arthur Savaète, in-8°.

Études sur la Révocation de l'Édit de Nantes en Languedoc, tome III, Les Fugitifs, leurs biens ; listes détaillées et complètes de tous les émigrés, par l'abbé Rouquette. (Voir tomes I et II dans collections à 2 fr. et 3 fr.)

Fleur merveilleuse de Woxindon (La), par le P. Spillmann, traduit de l'allemand.

Origine et Progrès de l'Education en Amérique, par Charles Barneaud.

Alphonse XIII, roi d'Espagne, illustré, par Gaston Routier.

La Servante de Dieu : *Louise-Edmée Ancelot*. Veuve de Me Lachaud, avocat à Paris, par l'abbé Paulin Moniquet.

Catéchisme politique, par Mgr P. Guérin, 2 forts vol. 15 fr.

Formation du Clergé français (la), la critique de l'œuvre de J.-B. Aubry, 2 forts vol. in-8°, 15 fr.

Deux mois en Angleterre, par Gaston Routier, in-8° illustré.

Histoire des Dogmes, par le Dr Scheeben, in-8°.

Histoire universelle de l'Église, par Chapiat, 1 vol. in-8°.

Histoire de la Vénérable Jeanne d'Arc, par Mgr P. Guérin, in-8° illustré

Histoire de saint Joseph, *du même*, in-8° illustré.

Histoire de la Persécution de l'Église catholique en Prusse, par Janzewski, in-8°.

Histoire de Pie IX, par Saint-Albin, 2 vol. in-12.

Ligue et les Papes (la), par H. de l'Espinois, in-8°.

Théologie fondamentale, par le Dr Hettinger, 1 vol. in-8°.

Théologie morale, par le Dr J.-Er. Pruner, 2 vol. in-8°, 15 fr.

Vade-mecum du Solutionniste, 427 problèmes avec solutions sur les jeux d'esprit et de combinaison, par Sabel, Etienne et Launoy, in-8°.

Collection Arthur Savaète à 8 francs

Les Représentants du Peuple en mission près les armées 1793-1797. D'après le dépôt de la Guerre, les séances de la Convention, les archives nationales, par Bonnal de Ganges, conservateur des archives au dépôt de la Guerre, 4 volumes

Tome I. — Le conseil exécutif et les représentants . . . . . . , . . . 8 fr.

Tome II — Les partis et les représentants aux armées. . . . . . . 8 fr.

Tome III. — Les volontaires et les représentants aux frontières. . . 8 fr.

Tome IV. — Les représentants et l'œuvre des armées . . . . . . 8 fr.

Soirées Franco-Russes : 1re Soirée : Mort de Louis II de Bavière ; 2e Soirées Mort de Rodolphe ; 3e Soirée : Boërs et Afrikanders ; les 3 soirées réunies en un seul vol. avec portrait de l'auteur, par Arthur Savaète. (Chaque soirée se vend séparément : la 1re, 2 fr. ; la 2e, 3 fr. 50 ; la 3e, 3 fr. 50 ; la 4e, Choses d'Orient, 5 francs.)

Passion méditée au pied du St-Sacrement (La), en 3 volumes, par le P. Jos. Chauvin.

Origines et Responsabilités de l'insurrection vendéenne, par Dom Chamard.

Les Anges et les temps présents, par l'abbé Grand Clément. In–8.

Grands Séminaires (les), par le P. J.-B. Aubry, gr. in-8°, 700 pages.

Protestantisme (le) aux XVIe et XIXe siècles et les Fondateurs de la Réforme, par l'abbé Maraval, 3 vol. in-9°.

Collection Arthur Savaète à 10 fr.

Histoire de l'Abbaye de Marmoutier, près de Tours, (Grottes de Saint-Martin), par Dom Rabory, 2 forts volumes in-8', 20 francs.

Histoire de l'Abbaye Royale et de l'ordre des chanoines réguliers de Saint-Victor de Paris, de l'origine à 1500, tome I, par Fourier Bonnard. 10 fr.
La même, de 1500 à 1792, par le même, tome II, (ouvrage couronné par l'Académie). 10 fr.

Mgr d'Hulst (recueil de souvenirs), avec un portrait, couverture parchemin.

Bibliotheca hagiographica græca des Bollandistes, 1 vol. 10 fr., relié 13 fr.

Cloche (la), son histoire et ses rapports avec la société aux différents âges, par J.-D. Blavignac, vol. in-8°.

Favoris à la Cour de Savoie (les) au XVe siècle, par Ch. Buet, in-8°.

Guide de l'Harmoniste, harmonie raisonnée e pratique, par Romette, 2 vol. in-4°, 10 fr.

Guy main rouge, par Charles Buet, in-8°.

Histoire de la philosophie, par Conti, 2 vol. in-8°.

Histoire de Pie IX, par Saint-Albin, 2 vol. in-8°.

Histoire du Sacrement de Baptême, par l'abbé Corblet, 2 vol. in-8°, 20 fr.

Histoire dogmatique de la Sainte Eucharistie, par l'abbé Corblet, 2 vol. in-8°, 20 fr.

Hygiène et Médecine.

Art de conserver et d'améliorer sa santé, par Théontine, in-12 . 1 fr. 50

Médecin (Le) et les médicaments chez soi, par le Dr Trosseille.
Vol. in-12. . . . . 2 fr.

Livre (Le) de la Femme et de la Mère, soins à donner à l'une et à
l'autre, par le Dr Trosseille. Vol. in-12. . . . . 2 fr.

Botanique (La) médicale au presbytère, plantes hygiéniques et leur
application dans toutes les maladies, par un curé de campagne, in-8° 4 fr.

Vrai Féminisme (Le), rôle social de la femme, par J. de Valdor, in-8° 3 fr. 50

Art de vivre selon l'Hygiène, par Despinay, vol. in-12. . . . . 1 fr. 50

Causerie du docteur, par Derouet, vol. in-12. . . . . 3 fr. 00

Conseils aux femmes, soins à donner à leur santé, in-12 . . . 1 fr. 50

Etude sur la phtisie pulmonaire, par Blanc, in-8°. . . . . .

Infirmier (L') de la maison, ou conseiller médical des familles, par
le Dr Laurs, in-12. . . . .

Médecin (Le) chrétien, par Scotti, in-12. . . . . 3 fr.

Notice sur les propriétés de la feuille de chou, par Blanc, in-8°. 2 fr.

Vade-mecum du Kneippiste, par l'abbé Kneipp, in-12. . . . . 1 fr. 20

Livres de Piété.

L'Évangile de la Vierge Marie ou les trois grandes révéla-
tions de la Mère de Dieu, à la Salette, à Lourdes et à Pontmain,
par Raphaël Pary, nombreuses approbations épiscopales, in-12 . . 1 fr.

Auréole de la Mère de Dieu (L'), méditations sur le mois de Marie,
par l'abbé Lansac, vol. br., 1 fr., relié 2 fr. et . . . . . 2 fr. 25

Chemin du Ciel, par le P. Vasseur, broché. . . . . 0 fr. 10
id.   du même, in-4°, broché. . . . . 1 fr. 60

Chemin de la croix en union avec le Sacré-Cœur, par l'abbé P. Bar-
reau, broché . . . . 0 fr. 15

Choix de méditations sacerdotales du P. Aubry, in-8°. . . . . 6 fr.

Chrétien (Le) à l'École du Calvaire, par le P. Nouet, en 2 v., 5 fr., r. 8 fr.

Chrétien (Le) à l'École du Tabernacle, du même, vol. in-12, 3 fr.,
relié. . . . . 4 fr. 50

Christ (Le) avant Bethléem, par l'abbé Mourot, in-8° . . . . 6 fr.

Ciel (Le) ou le bonheur des Saints, par l'abbé Marc, in-12 . . 3 fr.

Confiance en Dieu, par le cardinal Manning, in-8° . . . . . 0 fr. 75

Connaissance et amour du Fils de Dieu (De la), à l'usage des
Religieux, par le R. P. Saint-Jure, 4 vol. . . . . 10 fr

Le même, à l'usage des personnes du monde, 4 vol. in-12. . . . 10 fr.

Connaissance et amour de Marie, par le chanoine Febvre . . . 1 fr.

Délices de la Sainte Communion (Les) par Mgr Guérin, relié toile
1 fr. 75 ; relié chagrin. . . . . 4 fr. 50

Dévotion envers N.-S. Jésus-Christ, par le R. P. Nouet, in-12 3 v. 8 fr.

Directions spirituelles de l'abbé Chaumont .

>   de l'Oraison 2 vol. in-1 . . . . . . 6 fr.
>   de la Croix, 1 vol. in-12. . . . . . 3 fr.
>   de la Visitation, 1 vol. in-12 . . . 3 fr.
>   de la Vocation religieuse, 1 vol. in-12. . . 3 fr.
>   Mois du Sacré-Cœur,   > . . . 3 fr.
>   Mois de saint François,   > . . . 3 fr.
>   Retour de l'âme à Dieu,   > . . . 3 fr.
>   Sermon de saint François de Sales, 3 vol. . 10 fr. 50

Dévouement à Dieu, par Louis de Grenade. . . . . 2 fr. 50

Directions pour rassurer les âmes vouées à la piété, par Qua-
drupani, in-32. . . . . 1 fr.

Original en couleur

NF Z 43-120-8

www.ingramcontent.com/pod-product-compliance
Lightning Source LLC
Chambersburg PA
CBHW060836250626
47162CB00005B/2084